Hayashi Mariko *Collection 3*

結婚

林 真理子

ポプラ文庫

結婚 もくじ

結婚

披露宴

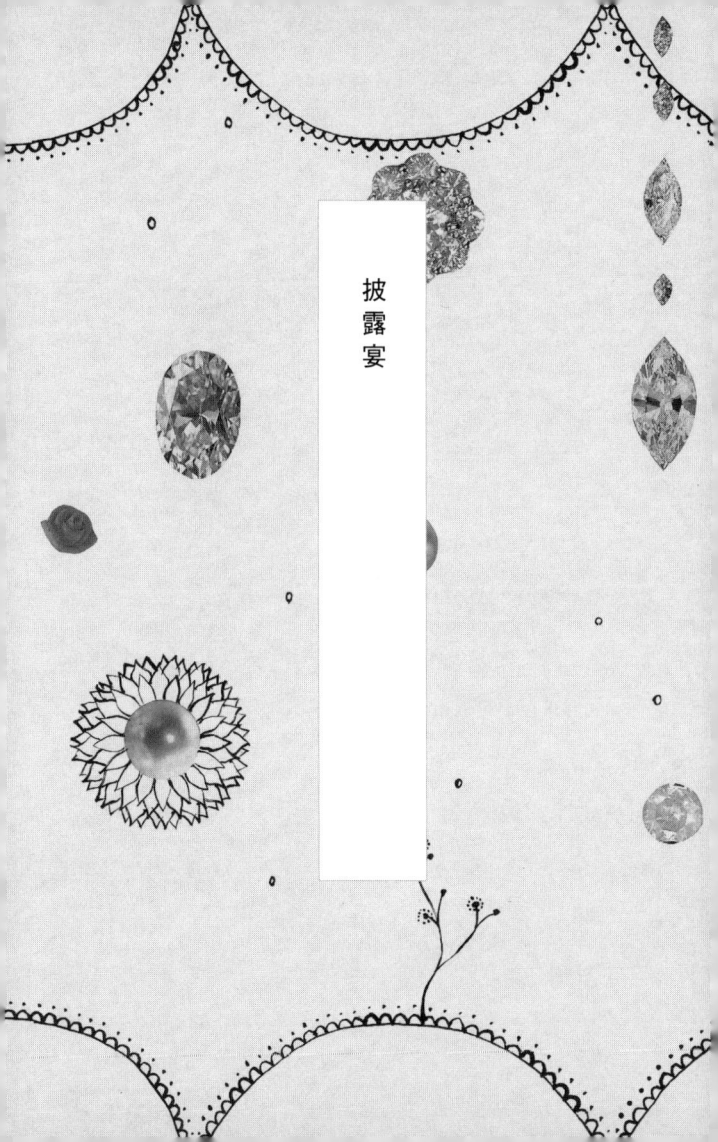

電車に乗るのが、こんなに恥ずかしかったことは初めてだ。

あまり派手にしないでって言ったのに、美容院の男は、晶子の髪をふくらませ、ついでに白い花のコサージュまでつけてしまった。

「若い女の子は、結婚式の華《はな》なんだから、このくらい派手にしてもいいよ」

そのコサージュが電車の振動でことこと揺れるのがわかる。薄いトレンチコートを着ているから、髪の大仰《おおぎょう》さはなおさら目立つようだ。

やっぱりタクシーで来るべきだったかしら、と晶子は思う。しかし板橋のアパートから品川まではかなりするはずだ。そうでなくても、この結婚式のため、もうすでに、手痛い出費があった。

美容院にも行ったし、レンタルドレスも借りた。レンタルドレスは自分でもいいアイデアだと思ったものの、一日二万円もかかる。アパートの隣りの部屋に住む光子が、ブレスレットやイヤリングを貸してくれたが、やはりクッキーぐらいお土産《みやげ》に持って帰らねばならないだろう。

それよりも頭を悩ませたのは、お祝いの金額だった。なにしろ同期で裕美《ひろみ》の披《ひ》露宴《ろうえん》に招かれたのは、自分と邦子《くにこ》しかいないのだ。

「どうする」

「品物を贈《おく》ろうか」

「それよりやっぱりお金がいいわよ」

とさんざん迷ったあげく、二人で三万円を包み、それとは別にレースのエプロンセットを贈った。エプロンのほうはすでに会社で渡しているが、祝儀のほうは今日、邦子が持ってくることになっている。

邦子の母親はお茶と生花の教師をしていて、字も達筆だ。紙幣《しへい》もピンとした新しいものに替えてくると邦子は言った。

晶子、邦子、裕美のうち、親元から通っていないのは晶子だけだ。三人の勤める会社は、縁故《えんこ》採用の伝統があり、たいていは東京生まれの、短大を卒業したばかりの女の子が入ってくる。叔父《おじ》の戦友の、その従兄《いとこ》が会社の重役をしているという、まことに頼りない縁だったが、晶子はなんとか三年前に入社できた。

県立女子短大といえば、地元では頭のいい女の子が行くところとして、感心もされるが、東京ではもちろん知っている人などいない。東京で就職できるかどうか不安だった。それが、はずれのほうにあるとはいえ、丸の内のオフィスレディになれたのだから、最初のうち晶子は有頂天だった。同い齢《どし》の裕美や邦子と、帰りに銀座で映画を観《み》たり、渋谷まで足を延ばして軽くお酒を飲んだりしているうちに、あっという間に月日がたってしまったような気がする。

その気持ちは今も続いていて、だから裕美が早々と婚約を決めた時は、心底驚いたものだ。見合いをしていたことは聞いていたが、まさか本当に結婚するとは思ってもみなかった。

「だってもう、会社がおもしろくないんだもん」

大塚《おおつか》の材木問屋の娘は言った。

「それだったら、結婚して奥さんになったほうがいいじゃない。あのね、若いっていうのはそれだけで価値があるんだって。仲人《なこうど》のおばさんが言ってた。いい女子大出たハイミスより、短大の若い子のほうがいいっていう人、多いって。男の人のレベルも、ぐっと上のほうを選べるのよ」

そんな裕美を、邦子と責めたのは、このあいだのような気がする。招待状がくるまで、裕美が嫁《とつ》ぐなどというのは、いまひとつ実感がわいてこなかった。来年までは勤めるということで、一昨日《おととい》の金曜日も、裕美は会社に出てきていたのだ。

品川駅の改札口を出る。ここで十一時に、邦子と待ち合わせをしていたのだ。日曜日の駅は、それでも人通りが多い。ゴルフバッグを持って足早に歩く男たちの後ろに、晶子は振袖《ふりそで》姿の邦子を見つけた。

「あれーっ」

思わず咎《とが》めるような口調になった。

「邦子、ドレスにするって言わなかったっけ」

「そうなのよ」

それが癖で、チラッとピンク色の舌を出す。

「昨日までそうするつもりだったんだけど、お母さんが怒っちゃって。めんどうくさがるんじゃない、ちゃんと用意してあるんだから、年頃の娘は着物にしなさいって」

「ふうーん」

晶子はおもしろくない。二人であれほど約束したのだから、電話を一本くれてもいいのにと思う。それにしても邦子の振袖姿は美しかった。髪も結いあげて、いつもより大人《おとな》びて見える。多分、母親が着つけたのだろう。黒地に蝶々《ちょうちょう》が飛んでいる着物は、絞りや縫《ぬ》いとりがふんだんに入っていて、かなり高価なものだということは、晶子にもわかる。

その日は大安吉日だったから、駅からホテルへ向かう道は、何人か正装の人々が目立った。

「ねえ、ねえ、他の会場でも披露宴《ひろうえん》やってるんでしょ。花嫁さんがかち合ったりして、イヤな気分にならないものかしら」

邦子は意外なほど馴《な》れた裾《すそ》さばきを見せ、晶子はそれにも恨めしい気持ちになる。

「ひどい……。着物を着るんなら着るんで、ひとこと私に言ってくれればいいのに」

と言ってもどうしようもない。成人式の時の着物は、郷里の実家に置いてある。東京でひとり暮らしをしている娘にとって、振袖をまとうというのは非常にむずかしいことなのだ。

ホテルのロビーは、思っていたよりもずっと広かった。重さに耐えかねて、今にも落ちてくるのではないかと上を見上げるシャンデリアが、そこかしこにある。時々、赤坂のホテルのコーヒーハウスに行ったりすることがあるが、こうした宴会場に行くのは、晶子にとって初めてのことだ。

「ホントォ?」

邦子は目を見張る。

「私、これで三回めよ。短大の同級生で、卒業するのを待って嫁《い》った人がいるもん。ホテルは違ったけど……」

晶子は、あれもホテルだったのだろうかと思い出している。幼なじみの由季子《ゆきこ》の結婚式は、郵便会館だった。青年団の人たちが、新郎を神輿《みこし》のように担いで入場した。新婦の親戚《しんせき》が長々と民謡を歌った。赤飯と鯛《たい》の折詰めに、土鍋《どなべ》セットの巨大《きょだい》な引き出物。それが晶子の知っている、ただひとつの披露宴だ。

「あのね、そのコは三百人ぐらいを招《よ》んだのよ」

やや自慢気《じまんげ》に晶子は言った。最後は男たちが酔っぱらって、だらしなくネクタイをゆるめたりする。それは十分に酒をふるまわれたという証拠になるのだ。

「ふうーん、結婚式って、田舎《いなか》のほうが派手なのね」

邦子の言葉が癇《かん》にさわる。どうして今日はこんなふうに、心がとがってしまうのだろう。もしかしたら、この場の雰囲気《ふんいき》に緊張しているのかもしれない。

黒い式服の男たちと、江戸褄《えどづま》を着た女たちは、ロビーに集まり、ひそやかに笑いさざめいている。いま気づいたのだが、裕美の家の仕事のせいか、和服の女たちが多い。ときたまワンピースを着た女がいると思えば、高校生ふうの親戚の少女だったりする。

晶子は急に、自分が着ているものが、野暮《やぼ》ったく思えてきた。

「裕美の家ってお金持ちだったのね」

邦子にささやいたつもりだが、ため息のようになった。

以前遊びに行った時は、古い家という印象しかなかった。少し離れたところに、裕美の父が経営している会社の、二階建ての建物があったが、それもややくたびれたモルタルで、立派とはいえなかったと思う。

「あそこの家は、土地持ちなのよ。ひとり娘で、後はお兄さんが二人いるだけでしょ。だから、やっぱりこういう、立派なホテルを選ぶのよ」

邦子は自分に言いきかせるように、その後を続ける。

「あーあ、私も絶対ホテルでする。そうよ、こんなふうな都心のホテル。ね、ね、晶子だってそうでしょ」

そう言われても晶子にはわからない。ただ、ホテルで、披露宴《ひろうえん》をする人々というのが、自分とは全く違う人種のような気がするのだ。あの郵便会館での披露宴を豪華だと思い、自分もこのように祝福されるのだと漠然《ばくぜん》と想像していた。

「どうしても東京で勤めたいって言うから少しの間だけ許すんだよ。あんたはこっちに帰ってきて、こっちの人と結婚するんだよ」

あの式場で偶然顔を合わせた、叔母《おば》の言葉にも頷《うなず》いてしまったっけ……。

「あ、江口さんが来てる」

邦子が肘《ひじ》をつついた。

「どこ、どこよ」

「ほら、課長の横に腰かけてるじゃない。裕美ったら、絶対に招ばないって言ってたけど、勤め続けるとなると、やっぱりそうはいかないのね」

江口礼子というのは、晶子たちの課の古参のOLだった。どこの会社にも必ずいるという、ハイミスの四十女。若い女の子たちにとっては、煙たい存在だ。

とはいうものの、晶子は江口礼子が、どれほど仕事ができるか、ものごとをわきまえている女か、秘《ひそ》かに認めているところがある。小さなミスは、みなの前で情け容赦《ようしゃ》なく叱《しか》るが、大きなミス、たとえば伝票の計算を間違えてしまった時など、黙って残業につき合ってくれたうえ、計算をやり直してくれたこともある。他の同僚にしても、彼女の恩恵は少なからず受けているはずなのに、そのことは認めたがらないところがあった。

「意地の悪いハイミス」

という単純な像にしてしまえば、格好の悪口の対象になる。いずれにしても、こういう悪役は、みなの協調性を育《はぐく》むために、どうしても必要なのだ。

「へえー、江口のおばさん、スーツなんか着ちゃって。でもあれ綺麗《きれい》なグレイ。きっとシルクよ」

邦子が女らしく、着るものの評定をした時だ。ソファに座っていた礼子が、こちらのほうに目を向けた。晶子と邦子は揃《そろ》って会釈《えしゃく》をする。いつも会っている仲だといっても、こういう時はあらたまった気分になるものだ。

すると驚いたことに、彼女はすうっと立ちあがった。二人のほうに向かって歩いてくる。

「横川さん、ちょっと……」

晶子は軽く腕をとられた。そのしぐさは、会社にいる時と全く同じで、晶子は自分が湯沸《ゆわか》し室にいるような気分にさえなった。

「こんなことを言って、また小うるさいことをと思うでしょうけど」

洗面所近くの壁に、まっすぐ立って礼子は言った。香水のにおいがかすかに漂《ただよ》う。

「そのドレス、あなたにとっても映《は》えて可愛《かわい》らしいけど、披露宴に着てくるもんじゃないわね」

「……………」

晶子は口をぽかんと開いて礼子を見つめた。意味がよくわからない。レンタルドレスショップで、いちばん気に入ったものだ。白いレースのワンピースで、胸に大きなカメリアの造花がついている。

「あのね、白は花嫁さんの色なの。出席者は着てきちゃいけないっていうのは常識よ」

そういえば前にそんなことを聞いたような気がする。しかし、レンタルショップの店員も、何も言わなかったはずだ。

「着替えろなんて無理だけれども、今日みたいに旧《ふる》いおうち同士の結婚式なら、なおさら気をつけたほうがいいわ。これからは、ちゃんと注意しなきゃダメよ」

「はい」

仕方なく晶子は答える。みじめさと恥ずかしさで涙が出てきそうだ。できることなら、このまま帰ってしまいたいとさえ思う。

「そんなに気にしなくてもいいの。ただ、先輩《せんぱい》として注意しなくちゃと、私がおせっかいをしただけよ。せっかくの披露宴《ひろうえん》なんだから、楽しく、おいしいものをいただきましょう」

惚《ほう》けたように晶子は礼子を見つめる。いつもよりずっと濃い化粧をして、パールのイヤリングをした礼子は、こんなに美人だったろうか。脈絡もなく、そんな考えが頭をかすめた。

「ねえ、ねえ、江口女史、何て言ったの。すっごくおっかない光景だったけど」

好奇心で頬《ほお》を紅潮《こうちょう》させて、邦子が待っていた。

「ねえ、白が結婚式にいけないって、あんた知ってた」

「うーん」

邦子は唇をとがらせて言葉を探し始めた。あきらかに困惑《こんわく》している。

「私も最初駅で会った時、あれっと思っちゃった……。晶子、どうして知らないんだろうって……」

道理で、今日の装いについて何も批評しないはずだ。新しいハンドバッグやブラウスを目にすると、すぐにあれこれ言う邦子が黙っているのが不思議だった。

しかし、こうなると、もう失敗は決定的ではないか。

「どうしよう、どうしよう」

子どものようにしゃくりあげることができたら、どんなにいいだろう。本当に、いますぐここから逃げ出したいとさえ思う。

「だいじょうぶよ」

邦子は晶子の肩に手をかける。

「ほら、裕美は白むくで式を挙《あ》げて、その後のお色直しは、大振袖《ふりそで》とイブニングドレスよ。ドレスはブルーだって言ってたじゃない。ということは、ウエディングドレスは着ないの。だから晶子の白レースは目立たない。そうよ、そうよ」

おっとりとしていて、いつもは裕美や晶子の聞き役になる邦子が、仲よしを救おうと必死になっている。

「あのさ、花嫁が白のウエディングだったら、そりゃあ、まずいかもしれないけど、着物とブルーだったら、誰も気づかないわよ。参列者のドレスに、いろいろ注意をはらうわけじゃなし……。ねッ」

自分が恥ずかしいからではなく、邦子のそのやさしさに、再び目のふちが熱くなった時だ。

「あ、花嫁さんだ」

誰かが叫んだ。白むくの花嫁が、式を終えて姿を現わしたのだ。黒い式服の中、そこだけ橙色《だいだいいろ》の光があたっているように見える。

こわごわ二人は近づいた。こういう時、親戚《しんせき》や知り合いの男たちより、花嫁の友人は優遇される。人々は自然に道をあけてくれた。

白く塗りつぶしたような肌、赤く小さく紅《べに》をひかれた唇と、裕美は見事なほど別人だった。真っ白に白粉《おしろい》をはたかれた手首を見ると、なぜかグロテスクという言葉を思い出す。けれど、もちろんそんなことは禁句だった。

「裕美、すっごく綺麗《きれい》よ」

邦子のほうは、まんざらお世辞《せじ》でもなくつぶやく。いずれにしても、花嫁は、宗教的ですらある。近寄りがたく、白一色だ。

しかし、当の花嫁は、いきなりVサインをつくった。

「やったね！」

「これ、これ」

見憶《みおぼ》えのある裕美の母が、あわててたしなめた。

「なんです。花嫁さんがそんな格好をして。お式で気をはりつめてたのが、お二人の顔を見てホッとしたんでしょう」

最後はまわりの人に聞かせるように言い、あたたかい笑いがもれた。

「お嬢さんたち、花嫁さんの隣りに立って……」

たぶん親戚《しんせき》の一人だろう、モーニングを着た小柄《こがら》な男が、カメラを片手に大きな声をあげた。傍でもじもじしていた、裕美の短大時代の友人三人も混じって、記念撮影になった。

その最中、晶子は気が気ではない。みながこちらを見ている。その中の何人かは、自分の非常識に気がつくのではないだろうか。花嫁の隣りには寄らず、いちばん隅《すみ》に立ったのだが、それで許されるものではなかったろう。

「はい、お友だち、みんなこっちを見て」

男が手をひらひらさせる。

もう我慢できなくなって、涙があふれてきた。人々はやさしげな目で晶子を見つめる。若い女の感傷ととったらしい。それとも、親友の幸せに感激しているやさしさとも思ったかもしれない。

そんなんじゃない。

晶子は心の中で叫ぶ。

私はひとりぼっちなのよ。うちがない。母親がいない。助言してくれる人がいない。故郷に帰ればみんな揃《そろ》っているけれど、東京ではなにひとつ私のものじゃない。

家を出る時、白い服を着て出ていく娘を叱《しか》ってくれる人は誰もいなかった。

そして今日、自分は二人の親友に裏切られたのだ。そう、これが裏切りでなくて何だろう。

昨日まで弁当のお菜《かず》を分け合って食べていた女が二人、一人は白絹の衣裳《いしょう》をつけ、もう一人は美しい振袖《ふりそで》を着ている。そしてどちらも、家族を見せつけているのだ。

裕美の家がこれほどお金持ちだったとは、品のいい人々が一族だったとは、今まで聞いたことがなかった。ホテルの宴会場の雰囲気《ふんいき》がそう見せているとしても、晶子にとって、今までのことは大きな嘘《うそ》のように思われる。

裕美はまるで、どこかの国の姫君《ひめぎみ》のようで、白い綿帽子《わたぼうし》は王冠のようではないか。そして自分は、それに跪《ひざまず》く貧しい村娘……。許されて、こうして側《そば》に近づいている。それにしてもまわりの人々の、この寛容な微笑はなんなのだろうか。

「いいとも。もっと側にお寄りなさいよ」

何の権利があって、こんなふうに目で私に命令するんだろう。

よくわからない。涙がとまらない。ただひとつ、シャンデリアとか、ホテルとか、式服なんて大嫌いだと思った。

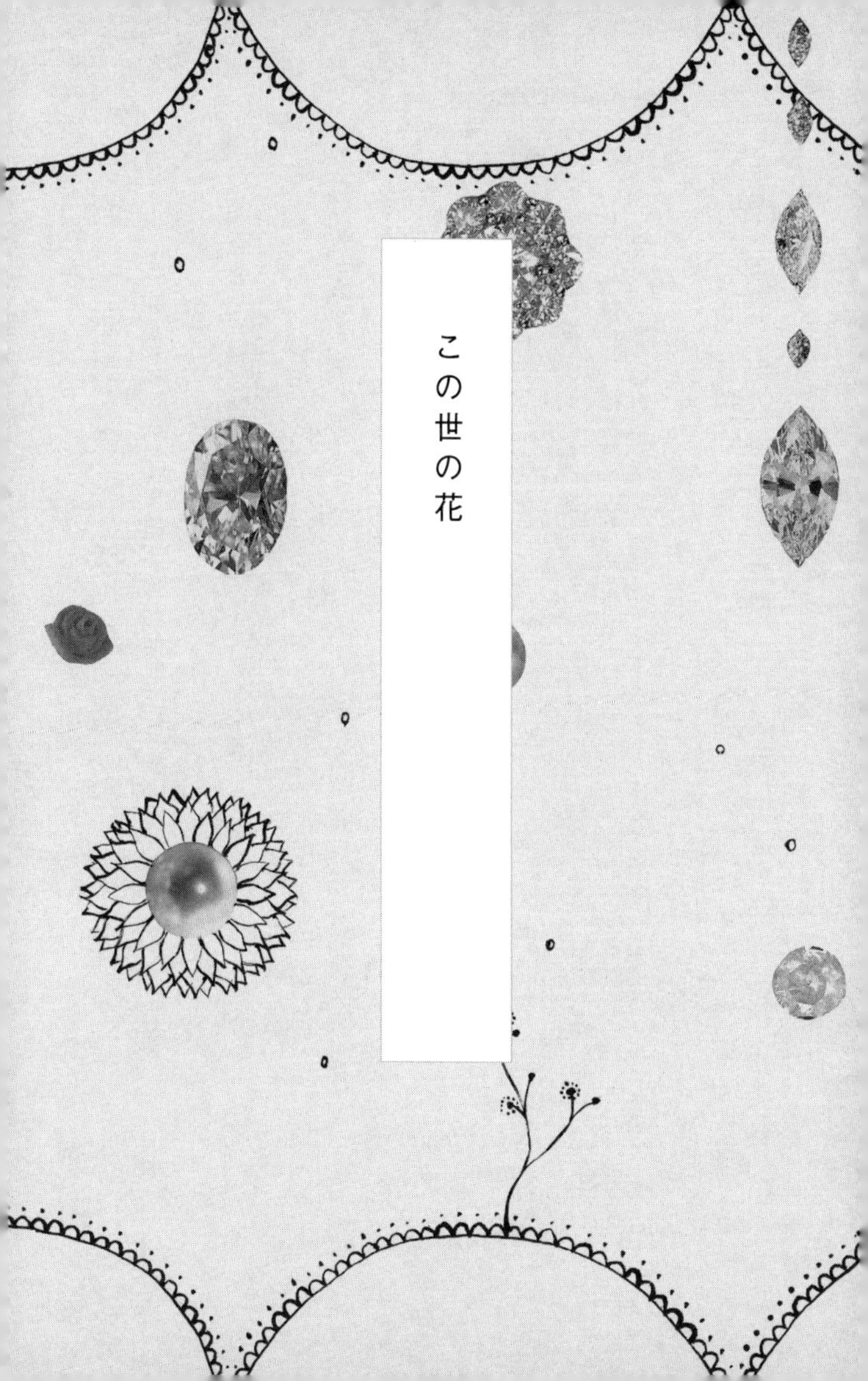

この世の花

最近になってマチ子は、自分の母親のことを、かなりえらい女だと思うようになった。

もう六十に手がとどく、どうということのない平凡な女だが、言っていることは確かに正しかった。

「子どもができるまでの辛抱さ。子どもが産まれてごらん、いじくりまわすのは楽しいし、とにかく手がかかる。あっという間に一日がすぎてしまうさ」

結婚した当初、淋しいと愚痴《ぐち》をこぼすマチ子に、母親のムネ子は、よくこう言ったものだ。

町はまだ急行が止まらず、家の数もずっと少なかった。マチ子の住む借家の裏は、広い桑畑になっていて、冬になると茶色だけの風景になってしまう。おまけに、この地方名物の強いカラッ風が、容赦《ようしゃ》なく窓の隙間から入り込んでくるのだ。

「私はだまされたようなもんよ」

そんな夜、マチ子は電話口でよく涙ぐんだ。

「こんな田舎に連れてこられるんだったら、結婚するんじゃなかった」

といっても、マチ子も都会の生まれではない。この町と、そう大差ない地方で育ったが、海があった分だけ、はるかに明るく暮らしやすかったと思う。休日には、東京からドライブに来る人たちも多く、しゃれた店もいくつかあった。

そこから東京の短大へ進み、しばらくＯＬをしていた時に、夫の佳明《よしあき》と知り合ったのだ。佳明は私大の四年生だった。浪人しているから、マチ子よりひとつ年上ということになる。通っている大学は、まあまあのところだったし、初めての男だったから、マチ子はすべてのことに目がくらんだ。

卒業したら、故郷に帰る。それでも随《つ》いてきてくれるかという佳明の言葉に、一も二もなく承諾《しょうだく》したのだった。

幸い、佳明の両親とはしばらく別居することになり、夫婦二人の気楽な生活が始まったのだが、それをいいことに佳明の帰りは遅かった。同じようにＵターン就職した、かつての同級生と飲み歩いてばかりいた。

あの頃、いったい自分たちは、どのくらい喧嘩《けんか》を繰り返していただろうと、マチ子は思い出す。もう限界と決意したときに、洋一を妊《みごも》った。

そしてその後は、ムネ子の言うとおりになった。初めての子どもは、母親から睡眠と同時に、退屈をも奪い去った。ミルクの温度に、いちいち目を吊り上げているうちに、すぐ一日が暮れた。意外だったのは、佳明が珍しがって、いろいろ手を貸してくれたことで、風呂に入れてくれと頼むと、陽の高いうちに帰ってくることさえあった。

ボーナスで、ビデオカメラを買い、這《は》いずりまわる息子を撮るようになった。ムネ子の言うとおり、「子どもができるまでの辛抱」だったのだ。

洋一は標準よりずっと大きく育ち、言葉を覚えるのも早かった。手がかからない子どもで、祖父がつくってくれた砂場に入り、一日中でも遊んでいる。ほっとひと息ついたとたん、マチ子の心の中に、また風が吹いた。

「友だちがいないのよ」

マチ子はムネ子に訴える。

「誰の？」

「私のよ」

電話の向こうで、ムネ子はかすかに鼻を鳴らす笑い方をした。

「私はまた、洋一のことかと思った」

「洋クンはいるわよ。すぐ近所に、リエちゃんっていう同い齢《おなどし》の子がいるの、よく二人で、砂遊びしてる。だけど私は、誰もいないの。このまわりって、みんな三十代か、四十代の奥さんばっかり。話が合わないのよ」

「まあ、しばらくは、子どもを友だちだと思うことだね」

「それじゃ、日に日に退化していっちゃう。今までは子どもに手がかかりきりだったから、自分の時間が少しは欲しいわ。なんかさあ、こう気の晴れるようなことをしたいのよ」

ムネ子は、また〝辛抱〟という言葉を使った。

「洋一が幼稚園に入るまでの辛抱さ。そうすれば、あんたも洋一も、いっぱい友だちができるさ」

そしてこれも真実だった。

入園式の日、この町にこれほどたくさんの子どもがいたかと、マチ子は驚いたものだ。ちょうど前の年に、急行が止まるようになったこともあり、町は変わろうとしていた。上野まで五十八分という距離は、もはや通勤圏らしい。いかにも東京へ通う、サラリーマンの妻といったような、しゃれたスーツ姿の女が何人もいた。

和枝もそのひとりだ。洋一が通う幼稚園では、「むくどり会」という名の、父兄の親睦《しんぼく》会がある。そこでピクニックに行ったりしているうちに、すっかり気があった。同い齢で、似たような環境に育っている。短大を出て、しばらく勤めていたところまでそっくりだ。違っていることといえば、和枝の夫は、茅場町の大きな医療器会社に勤めていることだろう。

「いいわねえ」

マチ子は素直にため息をついた。

「ちゃんと東京で働いているんですもん。うちの夫なんか、早々とこっちで就職してしまって……。遠距離通勤するぐらいの根性があれば、もうちょっとどうにかなってたんだろうけど」

「だめよ、そんなこと思うのは」

　和枝は大きく手を振って、話をさえぎる。

「うちのパパなんか、帰ってくると、もうヘトヘトよ。うちに居る時なんか、本当にどたっとしてるの。まあ、私と子どもは空気のいいところで暮らせるわけだけど、ちょっと可哀想になるわね。だけど、そうでもしなきゃ、安サラリーマンが、今どき家なんか持てるわけないものねえ」

　そんな言い方も、マチ子は気に入った。中には、東京に勤める夫を鼻にかけている女もいる。和枝のこの謙虚さは、大層好ましいものに思えた。和枝の長男の、和幸もおとなしい子どもで、洋一とすぐに仲よくなった。他の「むくどり会」のメンバーたちと、親子連れであちこち出かけるようになったのもこの頃だ。

　まるで学生生活が戻ってきたみたいよと、マチ子はムネ子に報告したことがある。

「気の合うお母さんたち四人でね、ここんとこはしょっちゅうお喋り大会。誰かのうちでね、子どもたちは一箇所で遊ばせといて、私たちはお茶飲みながら、ぺちゃくちゃ。ま、人からなんだかんだ言われる井戸端会議だけど、これが楽しくて困ってしまうの」

「ま、ほどほどにすることだね、あまり親しくなりすぎると、いろんな加減がわからなくなって、後で苦労するよ」

その言葉の意味もすぐにわかった。ささいなことが原因となり、その四人のうちの一人とは、すっかり仲がこじれてしまったからだ。

それを告げるマチ子に、ムネ子はまるで予言を告げるように、こう言ったものだ。

「もうじき、あんたにも、生きてるのが楽しくて楽しくて仕方ないって日がやってくるよ」

それが今ではないかなと、マチ子は思うことがある。洋一は小学校三年生になった。小さい時から元気な子だったが、病気ひとつさせなかったことは、マチ子の密かな誇りだ。

借家だった家は、夫が大家にかけあい、中をかなり改造した。いずれ両親の家に戻るのだから、そう金はかけなかったが、台所とそれに続くリビングがぐっと広く明るくなった。米や野菜は、姑《しゅうとめ》が届けてくれる。口に出してこそ言わないが、田舎の長男のところに来てくれたマチ子に、感謝もし、遠慮もしているおとなしい女だ。

佳明は車が好きでよく買い替えるが、その頭金も、舅《しゅうと》が出してくれている。

ムネ子の言うとおり、

「本当に、あんたたちは、恵まれてお気楽」

なのかもしれない。

この頃、マチ子には楽しみが増えた。子どもを寝かしつけてから、和枝と一緒に、町のスナックに出かけるのだ。

「猫まんま」は、駅前から少しはずれたところにあるせいか、ほとんどが常連客ばかりの店だ。ふざけた名前は、どうやらママの猫好きによるものらしく、クッションの柄から、スタンドのかたちまで、猫のデザインだ。

ママのミドリは、男のように短い髪をした女で、四十を出るか出ないかの年だろう。

市会議員で、建築屋をしている男が、パトロンについているという噂もあるが、そのわりには色気がない。ぐずぐずとからむ酔っぱらいには、ぴしゃりと啖呵《たんか》をきるような度胸もあった。ところが、マチ子たちには大層親切にしてくれる。

家庭の主婦が、そう飲むわけでもなく、ボトルを入れてもせいぜい一回が二千円、三千円という金しか使っていかないのに、どういうわけか大歓迎だ。頼みもしないのに、自分で漬けた胡瓜に、ようじを添えて出してくれたりもする。客が少なくなると、一緒にマイクを握ったりして、佳明に言わせると、

「お前たち、本当に女学校のノリだな」

ということになるらしい。だから、週に一度か二度、マチ子が「猫まんま」に行く分には、そううるさいことを言わなかった。

和枝から電話がかかってくる。

「今夜はパパが遅いらしいの。ね、チビたちに、早くごはんを食べさせていかない？」

和枝は、和幸の後二年遅れて、女の子を生んでいるが、妹のめんどうを和幸がよくみているという。

「今でも一緒に寝てるのよ。妹にパジャマ着せてやってね、いろいろおとぎ話をしてやるの。本当に手がかからなくってていいわ」

店でそんな話をするのももどかしげに、和枝はすぐマイクを握る。「猫まんま」は、いま流行のレーザーディスク・カラオケではない。やや古くなった、ふつうのカラオケだ。それもマチ子たちは気に入っている。

「猫まんま」を見つける前、この町のいくつかのカラオケ・スナックを転々としたが、アダルト・レーザーディスクの店が実に多かった。女の裸がふんだんに出て来て、目のやり場に困る。それに、そういう店に来ている男性客は、「猫まんま」に比べて、ずっと荒っぽかった。女だけのグループに、露骨な好奇の目を向けたものだ。

〽恋人よおー、そばにいてえー
和枝が好んで歌うのは、五輪真弓や、ペドロ&カプリシャスのバラードものだ。

裏声の、まるでセレナーデを歌うような声を出す。そうたいしてうまくはないが、本人はうっとりと目を閉じて、いかにも楽しそうだ。

終ると拍手が起こる。「猫まんま」にたむろしているのは、近くの商店主か、そうでなかったらアパート経営兼農業といった男たちが多い。ミドリがうるさいから、行儀の悪くない客ばかりで、にこにこと拍手をしてくれる。野卑《やひ》なかけ声はない。ただ、

「カズエちゃん、サイコーッ」

という声援がとんだ。和枝は二人の子どもがいるとは思えないほど、細いウエストをしていた。それを強調するように、ベルトでキュッと締め上げ、明るい色のセーターを着ている。目が大きく、派手やかな顔立ちだ。

最近、カラオケ仲間になった裕子は、和枝よりはるかに肉感的だ。化粧がやや濃く、厚くだらしない唇をしている。おそろしいほどの早口で、その合い間に入るガハハッという豪傑笑いがなければ、おそらく同性から嫌われるタイプだろう。「猫まんま」のホステスに間違えられることがしょっちゅうあるが、なんと中学

生の子どもがいる。次女が、洋一たちと同じ小学校なのだ。

二人に比べ、きわだった特徴がないのが、マチ子だろうか。三十を越してから、腹のまわりに肉がついてきたが、まだまだ「お嬢さん」と呼ばれることが多い。和枝のウエストにはおよびもつかないが、下腹部のあたりに目をつぶってくれれば、手足も娘時代のまま、ほっそりとしていた。もともと器用なたちだから、自分で毎朝、きちんと髪をブロウしている。マニキュアもかかしたことがない。

「子どもがいるのに、国井さんの奥さんは、いつも綺麗にしている」

という近所の声も、まんざらお世辞ではないはずだ。

「それじゃ、次、マチ子さん、いってみよう」

和枝が銀色のマイクを握らせる。

「それじゃ、いつものやつね」

煙草を片手に、ミドリがスイッチを入れる。流れてくるのは、岩崎宏美の「ロマンス」だ。三人の中で、マチ子はいちばん声が美しいとされている。高校時代、音楽の教師から、そんな歌謡曲を歌うように声を出すなと、よく注意された。つまり、和枝のような裏声が出なかったわけだ。それで、長いこと歌など歌っていいなかったのだが、カラオケのおかげで、皆に誉められるようになった。

「マチ子さんの声は、素直でよくとおるから、やっぱり岩崎宏美の歌がいちばんいいわよオ。これをあんたの持ち歌にしなさい」

ミドリが選んでくれたのが、「ロマンス」だった。

〽あなた、お願いよおー、席を立たないでー……

伴奏にのると、自分の声は信じられないほど綺麗に聞こえる。歌を歌うというのは、本能的な快感らしく、マチ子は次第に背すじがピンと伸びる。

いつしか、店の中は手拍子が起こった。

ああ、なんて楽しいんだろうとマチ子は思う。さっき飲んだウイスキーの水割りが、ちょうどきいてきたらしい。からだがふわふわとやわらかくなり、喉の奥がにわかにひろがったような気がする。そこから声が出る。娘時代と声はほとんど変わっていないと自分でも思う。

「うまいねえ」

壁ぎわのシートにいた男が、感にたえぬように首をふった。

何の疑いもない、素直な喜びが胸にひろがるのは、酔いのせいだろうか。いや、そうではない。自分は本当に、美しい声の持ち主なのだ。その自信は、二番を歌う頃になると、さらに確かなものとなる。

こんな田舎で、平凡な主婦になってしまったけれど、自分にはもしかすると、もっと別の道があったのかもしれない。これほどみなが誉めてくれるのだ。歌手になることを、どうしてあの頃考えなかったのだろう。

テレビを見ていると、聞くにたえないような歌を歌っている子どもが何人もいる。そして全く美しくもなく、すでに若くもないけれど、根強い人気を保っている三十代の女性歌手もいる。

ひょっとしたら、自分もあんなふうな道を選ぶことができたのかもしれない。どうして十代のうちに、早々と自分のことを、ごくありふれた女だと思ったりしたのだろう……。

歌うことの恍惚は、さまざまな思いをもたらし、マチ子は思わず涙ぐみたくなってくる。

「いいよ、いいよ、マチ子さん、ステキ！」

和枝がはしゃいだ声を出し、カラオケは終った。するとマチ子の魔法はとける。ほんの三分間だけの、空想と後悔は終る。

「私、思うんだけど、今度は明菜なんかに挑戦してみたらどうかしら」

ミドリは、歌はたいしたことがないが、アドバイスをするのが大層好きだ。客に合った歌手や曲を選び、それをレッスンするように強制する。

「だめよ、明菜の歌なんて……。年齢が違いすぎるし、メロディがむずかしいわ」

「そうでもないって。あの子の歌って、すごくきかせるものが多いわよ。今度さあ、『難破船』かなんかやってみようよ」

歌い終った後、水割りで喉をしめらせながら、あれこれ話すのもカラオケの楽しみだ。

「ねえ、ねえ、チビたちが春休みになったらさあ、みんなで東京へ行って、東京でカラオケしない？」

「ヒャアー、東京でカラオケ！」

和枝の提案に、裕子が大げさに騒ぐ。

「ねっ、ねっ、そうしようよ。チビたちは、おばあちゃんに預けてさあ、このメンバーで一晩歌うのよ」

「『猫まんま一家』、本場に殴り込みをかけるってわけね」

「私もさ、お店休んで行っちゃおうかなあ」

ミドリは、演歌を歌い出した男性グループは無視し、マチ子の隣りに腰かけている。

「私、知りあいがやってる店がいくつかあるわよ。赤坂とか青山に……」

「赤坂！」

裕子がため息をついた。やはり彼女も、東京で学生生活をおくったことがあるのだ。

「赤坂なんて、十年ぶりよ。たまに東京に行っても、日帰りばっかり。亭主や子どものを必死に買っておしまいよお」

「私、実家に子どもを預けるわ。たまに泊まってやれば、おばあちゃんたちも喜ぶし」

だんだん乗り気になってきたのはマチ子だ。

「でも私、実家には泊まりたくないな。夜遅くなることもできないし」

「ねえ、みんなでホテルへ泊まろうよ」

「えーっ、ホテル！」

ミドリの言葉に、三人の女は息を呑む。

「東京のホテルなんて、高いんでしょう。とんでもない」

「あーら、一流ホテルに泊まるわけじゃなし。ビジネスホテルにケのはえたようなところは、いっぱいあるわよ。マチ子さんの、ご実家はどこ？」

「小田原の、ちょっと先の方よ」

「ね、そこまでタクシーで帰ること、考えてみたら。一泊らくらく泊まれちゃうわよ」

ミドリの具体的な話のすすめ方に、和枝も頷《うなず》く。

「そうよねえ、主婦だって、たまには発散しなくっちゃねえ……。よし、私、なんとかしてみる」

こうして女四人の旅行はだんだん煮詰まっていったのだ。

「ホテル代ねえ、ま、なんとかパパに話してみましょう」

和枝も裕子も、殊勝なことを言っているが、結婚して十年、どちらもかなり自由になる金はあるに違いなかった。

こうして週に一度か二度は、スナックで遊べる。家のローンで苦しいと、よくこぼしているが、小綺麗だ。これほど親しくなっても、夫のボーナス額を決して言わないのも、かなりの大金だからだろう。夫が、地元の食品会社に勤めているマチ子を、不愉快にさせまいとの配慮に違いない。

しかし、佳明ともよく話すのだが、田舎に生活の基盤があるものは、それなりの余裕がある。家賃は安いし、いずれ親の家が自分のものになるのだから、ローンを組む必要もない。米や野菜は、ただで手に入ることが多い。

トータルで計算してみれば、高給とりの、和枝や裕子の家とどっこいどっこいだろう。マチ子も家計をうまくいじれば、東京のホテル代ぐらい、どうにかできた。

「ね、ね、東京でひと晩、みんなでわっと騒ごうよ」

心おきなく、一晩中でもカラオケを歌おうという和枝の口調は、すでに熱っぽくなっている。三人はその夜、真夜中まで歌い続けた。

「あんまり調子にのっちゃいけないよ」

家を出るときにムネ子は言った。

「遅くてもいいから、うちに戻ってくればいいじゃないか。ホテルをとるなんて、もったいない」

「あら、安宿よ。ここから東京へ出てく新幹線代ぐらい」

それは嘘だ。最初はビジネスホテルなどと決めていたのだが、一生に一度のことだからと誰かが言って、ニューオータニに部屋をとってあるのだ。

「ビジネスホテルだかしらないけど、ちゃんとしたうちの奥さんが、自分たちだけで泊まるなんて、よくないねえ。佳明さんは、知ってるのかい」

「もちろんよ。ただし、旧い友だちにゆっくり会うから、小田原に帰らないって言ってるけど。ま、どっちでもいいような話だから」

「あんた、調子にのっちゃいけないよ」

ムネ子はもう一度言った。

「いくら気ままに楽しくやってるっていっても、学生の時とはわけが違う……。ま、いいさ、今に足元が掬《すく》われることがひょいと起こるよ。まあ、それまでのお楽しみだね」

「いやね、いったい何をぶつぶつ言ってるの」

マチ子はジャケットのボタンをかけながらふり向いた。この旅行のために新調した服だ。日帰りで渋谷まで出て行って買った。東京に遊びに行くための服を、東京で買うというのはおかしな話だが仕方がない。ちょうどバーゲンをやっていたし、やはりこういう大きな買い物は東京でしたかった。

東京駅から四谷に出て待ち合わせのニューオータニに着いたら、三人はすでにチェック・インしていた。裕子と和枝も、それぞれの実家に子どもを預けて、このホテルに集まってきていたのだ。

マチ子は和枝と同じ部屋になっていた。ノックすると、髪にカーラーを巻きつけた和枝が顔を出した。

「ねえ、ふつうのツインを頼んだのに、広いと思わない？」

ベッドの横でくるっとまわる。

「こんな部屋泊まるなんて、新婚旅行以来よ。家族で行く時なんか、たいてい民宿か、すんごい安いホテルだったもの」

和枝はもう一度回転し、その反動でベッドに倒れ込んだ。マチ子も隣りのベッドに寝そべる。二人で顔を見合わせて、うふふと笑った。

「和枝さん、新婚旅行ってどこ行ったの？」

「北海道よ。私の時は、もう海外行く人多かったんだけど、新居の方にまわそうってことで国内……」

「ふうーん。あのさ、ダンナがその時、初めての人？」

「まさかあ！」

寝返りを大きくうって、和枝はくっくっと笑い出した。

「いたわよお、好きな男が。結婚できなきゃ死んじゃうと思ってたけど、いまだに死なずによくやってるわ。我ながら感心しちゃう」

「ホント、私もよくやってると思うわ」

今回の旅行も、佳明は快く送り出してくれた。そんなやさしい夫を見つけ出したのも、穏やかないい家庭をつくり出したのも、すべて自分の力だと思う。

「ホントに、よくやってきたわァ……」

マチ子はもう一度ため息をついた。

「そりゃ、欲をいえばいろいろあるけどさ、ま、かなりいいセンよね」

「そういうことにしておきましょう」

エイッと勢いをつけて、和枝は起きあがる。

「さ、田舎のおばさんは、これから厚化粧して赤坂にのり出すぞ」

「私も大変、髪をなんとかしなくちゃ」

出発する七時まで、もう四十分しかなかった。

その後、四人はロビーに集合し、タクシーに乗り込む。

「TBS通りまで」

ミドリが告げたら、運転手はとたんに不機嫌になった。どうも行く先が近すぎるらしい。乱暴な運転にマチ子たちは、すっかりおびえてしまったが、ミドリは釣銭もきちんと受けとり、さっさと車から降りる。

「東京のタクシーの運転手なんて、みんなあんなもんよ。こわがってたら、カラオケなんか歌えないよ」

ひとつ裏道を入ったところに大きな鮨屋があり、そこの地下がどうやらカラオケ・スナックになっているらしい。マイクのマークと、「キャッツ・アイ」という小さな立看板が出ていた。階段を降りていくと、木の扉があり、そこから聞こえてくるのは、「北の宿から」のメロディだ。

「あーら、ミドリちゃん、待ってたわよ」

扉を開けたとたん、奇妙な大声が迎えてくれた。ず太い男の声なのだが、抑揚《よくよう》にねっとりとした女らしさがある。向こうの席から立ち上がったのは、ヒゲをはやした大男だ。

「紹介するわ。ここのオーナーのタダシさん」

「よろしく」

男が身をくねらしたので、すべて合点がいった。どうやらオカマといわれる人種らしい。

「お席、用意しといたわよ」

狭い店だった。カウンターと、テーブルが三つ置かれていた。そのうちひとつは、ふたり連れの男が座っている。隣りのテーブルに、四人分のグラスと割箸が置かれていた。

「今日はヒマなのよお。ゆっくり遊んでいってちょうだい」

このあたりでは、庶民的な店よというものの、やはり「猫まんま」とは勝手が違う。棚に並べられた洋酒も高級なものが多い。マチ子は、やや緊張して、椅子に浅く腰かけた。

「あら、もっとリラックスしてよ。なにを歌うのかしら。うちはわりとポップス系が多いの」

その時だ。隣りの席の男が声をかけた。

「素敵な奥さんたちが団体でどうしたの、タダシちゃん」

「同窓会の帰りだって……。あら違ったかしら」

三人はややぎこちなく笑う。

「まずは乾杯といきましょうよ。乾杯」

声をかけた男は、如才《じょさい》なくグラスをあげる。ネクタイを締め、スーツ姿なのだが、佳明などとはどこか違っている。柄の好みといい、ややゆるめた衿《えり》のあたりといい粋がとおっていた。

「うちのお客さんで、久我さんっていうの。お隣りは伊東さん」

タダシが紹介してくれたので、三人の警戒心はすぐに解けた。ミドリは、いつもの手際よさでビールをすすめ、いつのまにか二つのテーブルは、ぴったりとつけられた。

「じゃ、お近づきのしるしに、デュエットをお願いしますよ」

その時、久我ははっきりとマチ子を目でとらえたのだ。

「ここは赤坂だけど、やっぱり『銀座の恋の物語』といきましょう」

立ち上がると久我は非常に背が高かった。ボストン型の眼鏡のレンズは、かすかにグレイが入っている。あかぬけていて、いかにも東京の男らしいとマチ子は思った。

〽心のー、底まで、しびれるようなー
男の声は低く、かなり歌いこんでいるようだ。「なー」の音をかすかにふるわす。

何をしている男だろうか。赤坂の、この店の近くに勤めているのだろうか。年は四十二、三といったところだろうか……。

楽譜を眺めるふりをしながら、マチ子は男の横顔を盗み見る。美男子というわけではないが、とがった顎《あご》の線がしゃれているような気がする。最近めっきり太り出した佳明とはまるで違う。

「どうしたの、マチ子さん、とちっちゃって」

ミドリがはやしたて、マチ子は赤くなった。出だしを二回も間違える。どうしよう。とっさに久我の顔を見る。彼は大丈夫だというように、マチ子の腰を軽く指でたたいた。そこの箇所がさっと熱くなる。思わず腰をひいてしまった。するとその逃げたウエストのあたりをまた男はぽんぽんと軽く叩くのだ。せめて、和枝のサイズのウエストだったら！　マチ子は口惜しさと恥ずかしさで身がすくむようだ。しかし男は、ウエスト五十六を誇る和枝より、自分を選んでくれたのだ。裕子にも興味はなさそうだ。そう考えると、晴れがましささえ憶えてくる。結局、さまざまな感情が交差して、最後の方は、何度もとちってしまった。

歌い終え、女四人でボトルを空けた。久我とは、その後、二回もデュエットで歌った。彼はもう、指でウエストのあたりを叩いたりしない。ギュッとマチ子の腰をひき寄せる。もう羞恥はなかった。そのかわり、せつなさが生まれていた。この男とは、ほんのゆきずりで、もう一時間もすれば別れてしまう。そんな残酷なことがあっていいのだろうか。マチ子は、男の眼鏡の、淡いグレイのレンズさえ慕《した》わしい。なんて素敵なんだろう。なんて似合っているんだろう。あの町には、こんな眼鏡をかけた男など、一人もいなかった。

　少し酔ったのだろうか。いったん扉の外に出て、洗面所に入る。用をたして、店に入ろうとした時だ。久我が出てきた。

「この後、どうするの」

「お店ひけた後、タダシさんと、もう一軒行くことになってるけど」

「じゃ、こうしよう」

　久我はすごい早口になった。

「僕はその前に出る。そして連れと別れて、『アマンド』で待ってる。君はひと足早く、ホテルに帰るって言って、みんなと別れる。そして『アマンド』に来るんだ」

　最後の方は、ほとんどぼんやりと聞いていた。もっと違うことを口にしなければいけないと思うのだが、全く別の言葉が出た。

「『アマンド』って、どこにあるの……」

「猫まんま」に三人が集まったのは、あの旅行以来初めてのことだ。もう二カ月がたとうとしていた。

「マチ子さん、お姑《かあ》さんの具合どうなの」

カウンターの中から、ミドリが声をかける。

「まあ、なんとかね。今夜は、義姉《ねえ》さんが来てくれてて、やっと脱け出してきたわけ」

東京から帰ってわずか五日後、姑が突然倒れた。脳卒中だった。まだ六十二と若く、畑仕事をするくらい丈夫だったので、すっかり油断していたのだ。

「でもすぐ帰らなきゃ。嫁がこんなところでカラオケ歌ってたなんて言われたら大変だわ」

「まあ、ゆっくりしなさいよ。私も久しぶりで来たんだから」

そういう和枝はうかない顔をしている。

「マチ子さんに聞いてもらおうと思ってたんだけどさあ……」

口を耳元に近づけてくる。

「おたく性教育どうしてるの」

「どうって、別に……」

「男の子って、本当にむずかしいわよねえ」

大きく舌うちをする。

「妹にいたずらしてたのよ」

「誰が？」

「うちの和幸がよ。ま、いたずらっていっても、同じ布団に入って、キスをしたり、抱きしめたりするぐらいらしいんだけど、実家に泊めた時……ほら、あの時よね、うちの母が見つけてさあ、そりゃ怒られちゃったわ。子どもを置きっぱなしにして、母親がカラオケ歌ってれば、どうしたってこんなことになるって……」

「ねえねえ、マチ子さん、まずは駆けつけ一曲。なんか歌いなさいよ」

カウンターで、ミドリと喋っていた裕子が、マイクを差し出す。

「ねえ、私、前から思ってたんだけど、マチ子さん、島倉千代子もいけるかもよ」

「そう、そう、レパートリーにしようかなって曲があったじゃない。『この世の花』」

マチ子は立ちあがる。デッキからは、哀しげなイントロが流れ始めた。

〽赤く咲く花ー、青い花
マチ子はふと、ムネ子の言葉を思い出した。

「いいさ、いまのうちにうんと楽しんどくがいいさ。そのうちに痛いことが来るよ、きっとね。それを辛抱すると、また楽しいこともくるさ。いろいろあって、おもしろいよ。長く生きてるとね」

二カ月ぶりのマイクが、あの時の、あの男の声を思い出させた。「男と女のラブゲーム」を歌った時の声だ。すべて酔いと、夢心地の中で行なわれたから、罪悪感はない。赤坂の裏通りのホテルで、あわただしく抱かれた時も、夫や子どものことは、不思議なほど考えなかった。
ただトニックのにおいがきついと思った。何という香料なのだろうか、鼻につんときた。それをさらに頭に思いうかべようとした時、別のものが、近い記憶としてトニックのにおいを押しのけた。今朝とり替えた時、姑のおむつに付着していた大便のにおい。そちらの方が、これから先、強烈な思いとしてマチ子の中にのこるはずだった。
〽この世に咲く花、かずかずあーれどおー
自分でも、なんてうまいんだろうと、マチ子は一瞬身を震わす。

笑う男

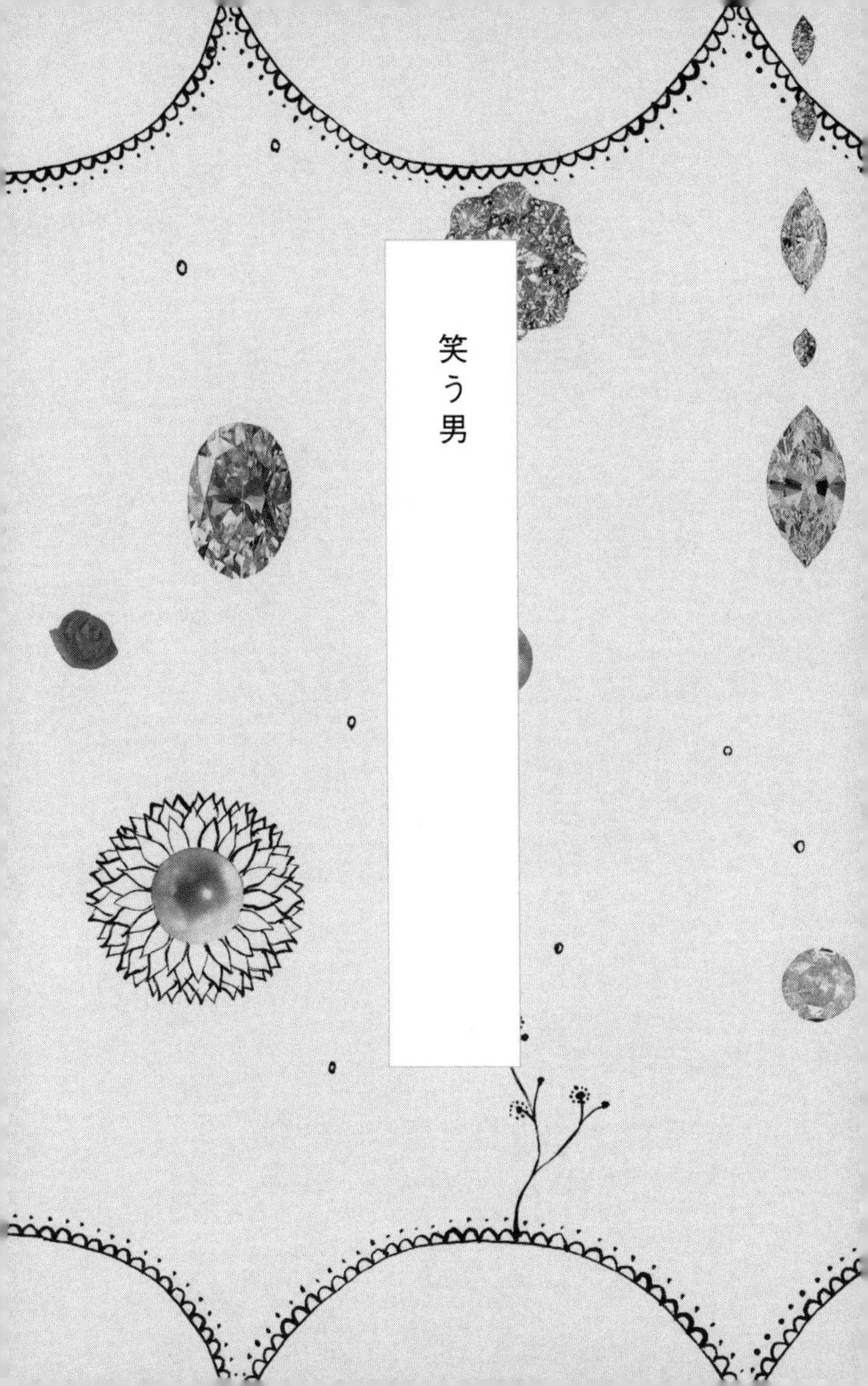

ホテルでこれほど歓待されたのは初めてだった。二人はソファのある部屋に通され、制服の女がコーヒーを運んできた。

「これ、金を払うのかな、後で」

紘明《ひろあき》が久美《くみ》にささやく。緊張している時にわざとひょうきんなことを言うのは彼の癖なのである。しかしほとんどの場合、全く面白《おもしろ》くない。

「馬鹿なことを言うんじゃないわよ。ちゃんとしてよ、ちゃんと。ホテルの人になめられるわ」

そうたしなめながら、久美はこの一カ月ほど自分がすっかり主導権を握っているのを感じている。このあいだまで二人等しく恋愛を楽しんでいたのに、結婚が決まったとたん久美はまるで年上の女のように振るまわなくてはならなくなった。現実に対するひたむきさが、男と女とではこうも違うものかと久美はしょっちゅう驚いている。

今日紘明がここにいるのも、久美が何度も催促した結果なのだ。彼ときたら挙式までにまだ五カ月近くあるとのんびりしたことを言って久美を怒らせた。九月の大安の日に式を挙げるというのがどれほど難しいことか、その頃結婚式場はいかに混んでいるかということを、久美は三十分にわたって説明しなくてはならなかった。

「あなたってまるっきり何も考えてないのね。もしかすると本当は私と結婚したくないんじゃないの」

久美がふくれてみせると、紘明はとんでもないと目を見張る。

「僕が久美のこと、どんなに惚《ほ》れてるか、久美がいちばん知ってるだろ」

紘明は善良ないい男だ。つき合い始めて一年、そろそろプロポーズしてくれてもいい頃だと思う時期に、望んでいたとおりの言葉をささやいてくれる、そんな男だ。何よりも久美のことを大切にしてくれる。出た学校も顔立ちも友人に自慢できるランクだ。

大学病院の勤務医が忙しいということを久美は前からよく知っていたし、男というものが結婚という行事にあまり向いていないことも最近知った。その女と結婚したいという気持ちは十二分にあったとしても、結婚式が苦手《にがて》なのだ。女たちがまず衣裳のことから始まり、こうした準備をこのうえない晴れやかな楽しみにしていくのに比べ、男たちは所在なげである。そして必ずといっていいほどめんどうくさがる。

「君の好きなようにしてくれよ」

紘明のいいところは、いったんそう宣言した以上、あとから細《こま》かいことを言わないことである。うるさい口出しをする姑《しゅうとめ》もいなかった。

久美は我《われ》ながらいい男を手にしたものだと思う。もうじき二十八歳になる。仕事も面白かったし容姿にも自信があった。他の女たちのように焦《あせ》っていたわけではないが、三十歳までには結婚しようと思っていた。その直前にぴったりと男が現われたわけだ。

久美は自分の人生のタイムテーブルにうっとりとする。女友だちは、

「運がいいのね。思った時に思ったとおりのことが起こるんだから」

と口々に感心するがあたり前だ。久美はそうなるように努力しているのだから。結婚相手はそれなりの立場の、おだやかで誠実な男がいいと思っていた。紘明の

ような男だ。ちょうどいい時期に彼が現われたのは幸運というものだが、心を繋《つな》ぎとめることが出来たのは久美の手柄だ。いま彼女の左手には、〇・八カラットのダイヤが輝いている。よくエンゲージリングの大きさを自慢する女がいるが、あれは何も知らないだけだ。こうして無傷で透明度が高いものの方がずっと価値がある。おまけにこのデザインのよさといったら……。銀座の有名店でつくらせたものだ。

紘明の給料では無理があり、彼の鳥取の実家がかなり金を出したのを久美は知っている。紘明の実家は古くから金物店をしているということであったが、実は市内にいくつかのビルを持ち、ガソリンスタンドや駐車場を経営していた。若き地元の名士である紘明の兄はスーパーを出店して、これもあたっている……。

などということも婚約して初めてわかったことだ。結婚が決まったとたん、嫌なことがぽろぽろ露見する男と、おまけがいくつもついてくる男とがいる。紘明は後者の方だった。久美はひょっとすると、自分は本当に運のいい女かもしれないと考えたりする。

「お待たせいたしました」

黒いスーツを着た男が、二人の目の前に座った。名刺を差し出す。「宴会課係長　奥脇昌夫《おくわきまさお》」とあった。

「わたくしがお二人のご相談をうけたまわります。どうぞよろしくお願いいたします」

そして絵本のような体裁《ていさい》のカレンダーを見せた。

「ご希望の月は九月でございますね。ご覧のように寿印がついておりますところは大安の日曜日で、これはもういっぱいでございます」

「ほら、ご覧なさいよ」

久美は紘明の肘《ひじ》を自分の肘で押した。

「最近は土曜日になさる方も多うございまして、どちらかというと出席なさる方もそちらの方がいいとおっしゃいますね。土曜日ですとまだ余裕がございます……」

奥脇という男の声は低くとてもなめらかだ。よく使い込んだオーボエのように、耳に快《こころよ》く響く。髪を綺麗に七三に分け、そしてなめらかな肌。ホテルに勤める男というのは、どうしてこれほど肌が綺麗なのだろうか。爪と同じように肌も手入れしているのかと久美は思う。

「それではお料理の方に移らせていただきますが、料理は大まかに分けて、和食、洋食、中華となっております」

「私はやっぱりフランス料理だわ」

久美は言った。

「友だちの結婚式で何回か来させていただいたけれど、やっぱりここのフランス料理がいちばんですもの」

「おそれ入ります」

男は軽く頭を下げる。そのしぐさは一流ホテルに勤めるなみなみならぬ自信に溢れていた。

「本当よ。ここのフランス料理で披露宴をするのが、ずうっと前からの私の夢だったんですもの」

この言葉が喉まで出かかったがやはりやめた。そこまで初対面の男を喜ばせてやることはないだろう。それにしても男がくれたパンフレットには、たくさんの種明かしが書かれている。何度か食べたフルコース、真白いリネンと銀の食器がそえられた料理は、てらてらと光る写真となり、値段が表示されていた。

三カ月前に、女子大時代の同級生が結婚した折食べた料理は、一万五千円といちばん安いものであった。

「やっぱり、伊勢海老《いせえび》はハーフのコキュールだったし、メロンじゃなくてシャーベットだったものね」

そんなことまでしてこのホテルで披露宴をしたいものかしらと久美は鼻を鳴らす。外見はお嬢さま学校ということになっているが、その実見栄っぱりのサラリーマンの娘がやたら多かったあの学校で、同級生たちは一流ホテルで披露宴を開くことに固執したものだ。このホテルなど特に人気が高い。格式ということなら帝国やオークラに負けるが、ここは広い庭園もあるうえに交通の便もいいのだ。豪華なシャンデリアのある宴会場で出される料理は、

「いちばんおいしい。フィレのステーキの焼きたてを出してくれるサービスは、他ではあんまりやってないわよね」

同級生たちはわけ知り顔で言ったものだ。女も二十五歳過ぎると、いっぱしの、ホテルと披露宴の料理の評論家になる。久美は、あの顔、あの顔と思いうかべる。自分の時は彼女たちがちょっと不機嫌になるほどいい料理にするつもりだ。メインの肉は松阪《まつざか》牛にしてもらい、スープはすっぽんで金箔《きんぱく》を落とす。これで料理の格はぐっと違うというものだ。

紘明の両親も金のことでは文句を言わないだろうし、久美の家もひとり娘ということで出来る限りのことはしようという態勢が整っている。

いちばん上等のコースはキャビアがついていたが、これは必要ないということで二番目の値段のものに決めた。その代わり酒は少し凝《こ》ろうということになった。おととし退職したが、久美の父親は一部上場の専務までいった人間だ。現在は子会社で相談役をしているが、娘の披露宴にはそれなりの人々を招きたいらしい。今日のホテル行きにしても、妻に一緒に行ったらどうかとアドバイスしたぐらいだ。

「それではいらっしゃる方々のリストをこれに記入していただいて、次回にお持ちいただけますでしょうか。印刷の関係がございますので、二カ月前までにはよろしくお願いいいたします」

こまごまとした書類を封筒に入れながら、紘明は照れたように言った。

「僕がこんなにぼうっとしているので、いつも彼女に怒られちゃうんですよ」

「いやあ、男の方はたいていていそうでらっしゃいますよ」

にっこりと笑った。

「こういうご相談にいらっしゃる時も、女性の方がいろいろご熱心でらっしゃいます」

その笑顔は男が初めて見せた職業的でないものだった。笑うと唇の両端に皺《しわ》がよる。それはそう深いものではない。男は落ち着いた、というより老《ふ》けたなりをしているが、案外三十代後半ではないか、と思った瞬間、久美はもう少しで「ああ」と叫びそうになった。

「いま、領収書をつくってまいりますのでしばらくお待ちください」

立ち上がる男の後ろ姿に何の特徴的なものはない。前から見てもそうだ。特徴がないのが特徴のような中肉中背のホテルマン。けれどもあの笑顔に見憶《おぼ》えがある。マニュアルどおりの表情しかつくらない人間たちが、何かのはずみで私語をかわしたり、笑い顔になったりすると通りすがりでもはっきり憶えているものだ。

「やっぱりそうだわ、やっぱり」

男の去っていく後ろ姿を目で追いながらつぶやいたら、それを紘明に聞かれてしまった。

「何が、やっぱりなの」

「あの男の人、前にフロントで見たことがあるのよ」

「そりゃそうだろう。これだけのホテルになれば大きな企業だもの、内部でいろいろ異動もあるだろうさ」

紘明はのんびりした声でいい、久美はそうね、とつぶやく。その後は言えない。このホテルにたびたび別の男と来ていたことなど。

それはもう四年前のことになる。大学を卒業した久美は大手の代理店に就職した。といっても父親のコネで決めたそこの職場は、正式な社員ではなく嘱託である。が、右を向いても左を向いても、似たような境遇の女たちがいっぱいだった。彼女たちとグループを組み、会社の男の子たちと飲んだり踊りに出かけたりした。会社といってもまるで学生時代の延長のような楽しさがあった。

北見《きたみ》とはその頃、同僚が連れていってくれたパーティーで知り合ったのだ。彼は青山に本社を持つ不動産会社の社長で、不動産屋と呼ばれることを何よりも嫌がっていた。

貰った名刺には、

「空間プロデュースカンパニー」

とあり、どういうことをしているのかと久美は尋《たず》ねたものだ。詳しく説明してあげるから会社に遊びに来てご覧といわれ、三日後ひとりで出かけて行った。そこでたくさんの建物の模型を見せられ、次に会った時は彼の所有するクルーザーを見せられた。

彼は四十三歳で、二度目の妻と別れようとしているところだった。その他にも離婚の原因となったタレントの女がいて、不定期で会う六本木のクラブの女もいた。

「だけど久美に会ったら、すべてのことが吹っとんでしまった。全く困ったもんさ、この年になってこんな気持ちになっちゃうなんて」

北見はそう背は高くなかったが、毎日スポーツジムで鍛《きた》えた若々しい筋肉を持っていた。髪にゆるくパーマをかけ、目鼻立ちの大きな顔は、ゴルフとヨットで冬でも焼けていた。その胸元と手首にゴールドの喜平《きへい》のチェーンが光る。

彼の快活な下品さは、たちまち久美を魅《ひ》きつけた。彼は会うたびに初めてのことを久美に与えてくれたものだ。ネタをガラスケースに入れて見せたりしない、静寂につつまれた鮨屋、銀座のクラブ、芸能人の顔があちこちに見えるイタリアンレストラン、京都のお茶屋、そしてヨットの中でのこぢんまりしたパーティー(そこで男たちが連れてきたのは、すべて若い愛人だった)。

学生時代から背伸びしてさまざまなところへ行ったつもりだったが、北見が見せてくれた世界は、極彩色《ごくさいしき》の絵巻き物めいた面白さがあった。八十年代後半の東京で、いちばん金が費《つい》やされた場所だったろう。それは退廃などという高尚なものではなかったが、俗悪で華《はな》やかなものだけが持ついっときの光芒《こうぼう》があった。

それに夢中になったのか、北見のことが本当に好きなのか、ごくたまに久美は自分に問いかけることがあったが、それはすぐにやめにした。彼は結婚する相手ではないという思いが確かにあったからだ。

あの頃、久美のまわりの女たちの間で、ひとつの理想とする生き方があった。それは結婚前のひととき、中年の金持ちの男によって、贅沢《ぜいたく》な経験をさせてもらうということであった。久美の友人たちの中には、そうした男たちにファーストクラスでのヨーロッパ旅行に連れていってもらった女もいる。自分では一生かけても住めないようなマンションをあてがわれた女もいる。

ひと昔前は、そういう女たちは囲い者、二号と呼ばれたものだったが、今は若い普通の娘たちが無邪気に男たちの恩恵を受ける。その恩恵のひとつひとつをひけらかす女たちがいたが、久美はなんと愚かしいことだと思ったものだ。男たちは家庭を捨てる気などさらさらない。愛人の若さが少しでも翳《かげ》ったら、またさらに若い女を探すことは目に見えている。だからこちらも最初から心積もりをして、ほどほどの時期をわきまえておかなければならないのだ。そのためにもあまりにも熱い鮮明な烙印《らくいん》はタブーだった。京都旅行ぐらいはいいとしても、ヨーロッパ旅行などするべきではない。マンションを借りてもらうなどというのは全く間抜けだ。その時が来たら、似合いの青年と新しい人生を踏み出さなければならないはずだった。

北見はそんな久美を時々嘆《なげ》いたものだ。

「君はどこかに俺との線をひいてるんだよな。なまじ育ちが悪きゃ、金でたぶらかすことも出来たんだが、久美みたいなのがいちばん始末に悪いや」

そして久美の大好きな卑猥《ひわい》な冗談を口にする。

「だからこれもほどほどにしておこうな。あまりいろんなことを教え込むと、将来君のダンナになる人に悪い。昔、どこか風俗に勤めてたんじゃないかってね」

「嫌ね、おかしな冗談言わないで頂戴《ちょうだい》よ」

「だってそうだろ。久美はいつか俺のところから離れていくんだから、あんまり熱心にしてやらない。損だもん」

「意地悪しないでったら」

実際、北見とつき合っていた日々、久美はいちばん数多くセックスをし、いちばん多くの痴態をとった。今思い出しても顔が赤くなることがある。

婚約者となった紘明とは比較にならないほどにだ。

「だってあの時、私はまだ若くて、とてもねんねだったんだもの」

久美はそうつぶやいて思い出を正当化することがある。それにしてもすべてのことがうまくいった。結婚相手が現われた時、まさか処女のふりをすることはあるまいが、年相応の経験しか持っていない女に振るまうことは出来ると思っていたが、それはいま成功しているといってもいい。

紘明はベッドの中でささやく。

「久美さァ、結婚したらこれから俺がもっとインランにしてやるからさァ」

何といい男なのだろう。やさしく爽《さわ》やかで、裸の彼の胸はとてもなめらかだ。

北見の胸には必ずチェーンがかかっていた。その最中、久美が見上げるとそのチェーンは欲望の昂まりのようにいつもゆらゆらと揺れた。それを見ていると久美は自分がひどくげすな男に犯されているような気分になった。けれどもそれはなんと短距離に彼女を快楽まで運んでいってくれたのだろう……。

そして久美の顔を赤らめる思い出をつくってくれたのはいつもホテルだった。北見はここと、もうひとつ白金にあるホテルを好んだが、ホテルのスポーツクラブの会員になっていることもあり、頻度《ひんど》はこちらの方が多かったかもしれない。

ホテルのフロントに立つ男たちというのは、なぜかうつむいている。向こうから歩いてくる客と視線を合わせようとはしない。特に夜はそうだ。

「北見だが、さっき電話をしたけれど……」

「はい、北見さまですね。お待ち申し上げておりました」

いや、フロントの男は「お待ち申し上げておりました」とは言わなかっただろう。「いつもありがとうございます」とももちろん口にしなかった。それは後ろに立っている久美がいるからだ。

このホテルは大きな柱というものがなく、エントランスからまっすぐ広い空間が見渡せるようになっている。だから連れの女は、男がチェックインしている間、身を隠すところがないのだ。恥ずかしくない、と言ったら嘘になる。最初の頃、久美はホテルのバーで待っていたりしたのだが、そんな悠長なことをしていられなくなった。時間がないのだ。就職してから門限は無《な》いも等しいものになっていたが、それでもあまり深夜に帰ると母親から小言《こごと》を言われる。そうでなくてもしょっちゅう出歩く年頃の娘は、彼女にとって心配の種なのだ。

北見はすばやくキイを受け取り、二人はエレベーターに向かって歩き出す。

「今、すれ違った男の人が二人、私たちを見てへんな顔してたわ」

エレベーターを待つ間、久美はついそんなことを言ってみたくなる。

「気にすることはないさ。最上階のスカイラウンジに行くんだと思えばいい」

「だけど鍵を受け取って、ラウンジへ行く人がいるかしら」

「いるさ、その後、部屋に女を連れ込もうとしている男がさ」

「下品ね。バッカみたい」

「お、生意気な女だな。そんなこと言うなら……」

北見はキイの先で久美の尻をつつく。「三五〇四」と書かれたプラスチックの部分をスカートの上から尻の割れ目に入れようとする。

「やめてよ、ヘンなことしないでよ……」

三十五階まではかなりの時間がある。久美が身をよじらせて喜ぶので、北見は今度はキイでスカートの前の部分をなぞる。久美のからだを十分に知っている彼は、一回でいちばん敏感な部分をあてることが可能だ。五、六度プラスチックが上下し、久美はたまらなくなって声をもらす。

そのとたんエレベーターは開き、夜のエレベーターホールがそこには広がっていた。梅をかたどったカーペットが敷かれた先はいくつものドアがある。それぞれの夜、それぞれの秘密をしまい込むドアだ。そしてそのドアに身をすべり込ませる時、久美は自分の下半身がもう一歩も歩けないほど濡れているのを感じる。あのホテルのドアを開ける時、久美はどれほど安堵《あんど》したことだろう。

海で遭難した者が、救命ボートをつかむように。

深い穴に落ちた者が、一本のロープを手にするように。

ドアのノブをつかむ時、久美はたどりついた、助かったと思う。いちばん望むものがいま与えられようとしている。このドアの向こう側で、秘密に誰にも知られず、欲しいものを手に入れられる。

「来てよ、早く」

すとんと音をたててダブルベッドに腰をおとし久美は叫んだ。

「早くったら。私を助けて」

そう、助けて、という言葉がぴったりだった。自分でもう飼い馴《な》らすことの出来ない欲望が胸元までつき上げてきている。自分の意志とは関係なく、太ももまで伝わるほど液が出てくるなんて、いったい誰が想像しただろう。だから北見に抱かれている最中、久美は幼女のようにしがみついた。

「助けてよ、助けてってば……」

あの一連の記憶の中で、ホテルの男は全く出てこない。彼らは同じように黒い服を着て、同じように血色のいい肌を持ち、同じようにうつむいていたものだ。

けれどもたった一度だけ憶えていることがある。ある夜キイを受け取ろうとした北見とフロントの男が何やら笑い合っていた。ホテルの男が微笑《ほほえ》むことがあっても、あのようにのけぞるようにして笑うのを見たことがない。

「何がおかしくてあんなに笑ったの」

エレベーターまで歩きながら久美は尋ねたが、北見は教えてくれようとはしなかった。

「いや、何でもない」

普段は隠し立てしない彼が、どうしてあの時言葉をにごしたのだろうか。女を連れていくホテルで、従業員と親しそうに振るまったことを恥じたのだろうか。出来ることならばあの時の笑いの理由を北見に聞いてみたい。しかしもうそれは不可能になった。

「バブルがはじけた」などと言われる前から、北見の会社はいけなくなったと噂に聞いた。高輪につくったインテリジェントビルが原因だという。入居状況がかんばしくなかったうえに、金利がどうしようもないほど膨《ふく》れてしまったということだ。

自慢のクルーザーも手放したし、女たちともみな別れた。青山の本社も人手に渡ったと最後に聞いたのは半年前だから、今はさらに悲惨なことになっているだろう。二人納得ずくで別れたつもりだったが、どたん場に未練を見せたのは北見の方だった。

「久美は用がなくなると、さっさと俺を捨てちまうんだな」

年にも似合わない言葉を口にした。彼が久美に執着を見せたのは愛のためではなく、最高潮の日々の記念ゆえではないかと久美は今ならはっきりとわかる。

それにしても北見はどうして笑ったのだろう。それを教えてくれる男はもうひとりいる。別室で領収書を書いている黒服の男だった。

間違いない。彼がさっき表情を崩した時にわかった。いや、最初会った時から感じていたいびつな感覚は、彼と以前会っていたという記憶によるものかもしれない。北見と彼が笑った理由はどうでもいい。肝心《かんじん》なのは彼が久美のことを憶えているかどうかということなのだ。

四年前のこととはいえ、接客業の人間は、一度会っただけでも相手の顔を憶えているという。ましてや久美は北見に連れられて何度かホテルのフロントの前に立った。こちらは同じように見えても、フロントの中から見て、ありふれたカップルではなかっただろう。

彼は今頃別室でせせら笑っているかもしれない。

「この頃の若い娘ときたらどうだ。さんざん別の男としけこんだホテルで、今度は豪華な披露宴をするんだからな。おまけにその夜はスウィートをとってる。よくここで初夜を迎えられるものさ」

このホテルを式場に決めた時、北見とのことはほとんど思い出さなかったといってもいい。ケリがついたこと、すべて終わったことに対して、どうして罪の意識を感じなければいけないのだろうか。そんなことを言い出したら、東京中のいろんな場所に、もう夫とは行けなくなる。

けれどもいま披露宴の準備をしてくれている男が、あの夜北見にキイを渡した男と同一人物だとわかったとたん、急にわき起こったこの不安はなんだろう。

「もしかすると私は、ものすごく非常識なことをしているのかもしれない」

最近急に心配になることがある。久美はごく普通の若い女性として、普通に嫁《とつ》いでいくつもりなのであるが、多くの人がそれは否《いな》と唱《とな》えるかもしれないという思いだ。女友だちが、

「あなたって本当に運の強い女。最後はまっとうにゴールイン出来るんだから」

などという言葉は、今までやっかみからくるものだと気にとめていなかったが、もしかすると自分の青春時代はとてつもなく非凡なものだったのかもしれない。

その基準となるのは黒服の男なのだ。彼が一瞬でも久美のことを咎《とが》めるような目で見れば、やはり久美の生きてきた道はどこかタガがはずれていたことになる。

久美は勇気を出してそれを確かめてみることにした。

「奥脇さん」

席に戻ってきた男に久美は言う。

「私のこと、ご存知じゃありません？」

「は、そうおっしゃいますと」

男はまぶし気に目を細めた。

「私、奥脇さんと何回かお会いしたような気がするんですけど……」

「何かございましたんでしょうか」

「いえ、何度かお見かけしたことがあるんです」

「そうですか。私はご覧のようにぼうっとした顔をしておりますのでお客さまの方で憶えていてくださることがあるんですが、こうして直接お会いしない限りはなかなか……」

「そりゃあ、そうだよ」

紘明が言った。

「毎日何千人の人たちがホテルにくるんだから、いちいち憶えているわけないさ」

「そうですねえ、でも今度はこうしてご婚礼のお手伝いをさせていただくんですから、もう忘れるはずはございません。これからはいつでもお声をかけてください」

男は笑った。久美の動悸が早くなる。その彼の笑い顔と、北見の笑う顔とがぴったり重なる。

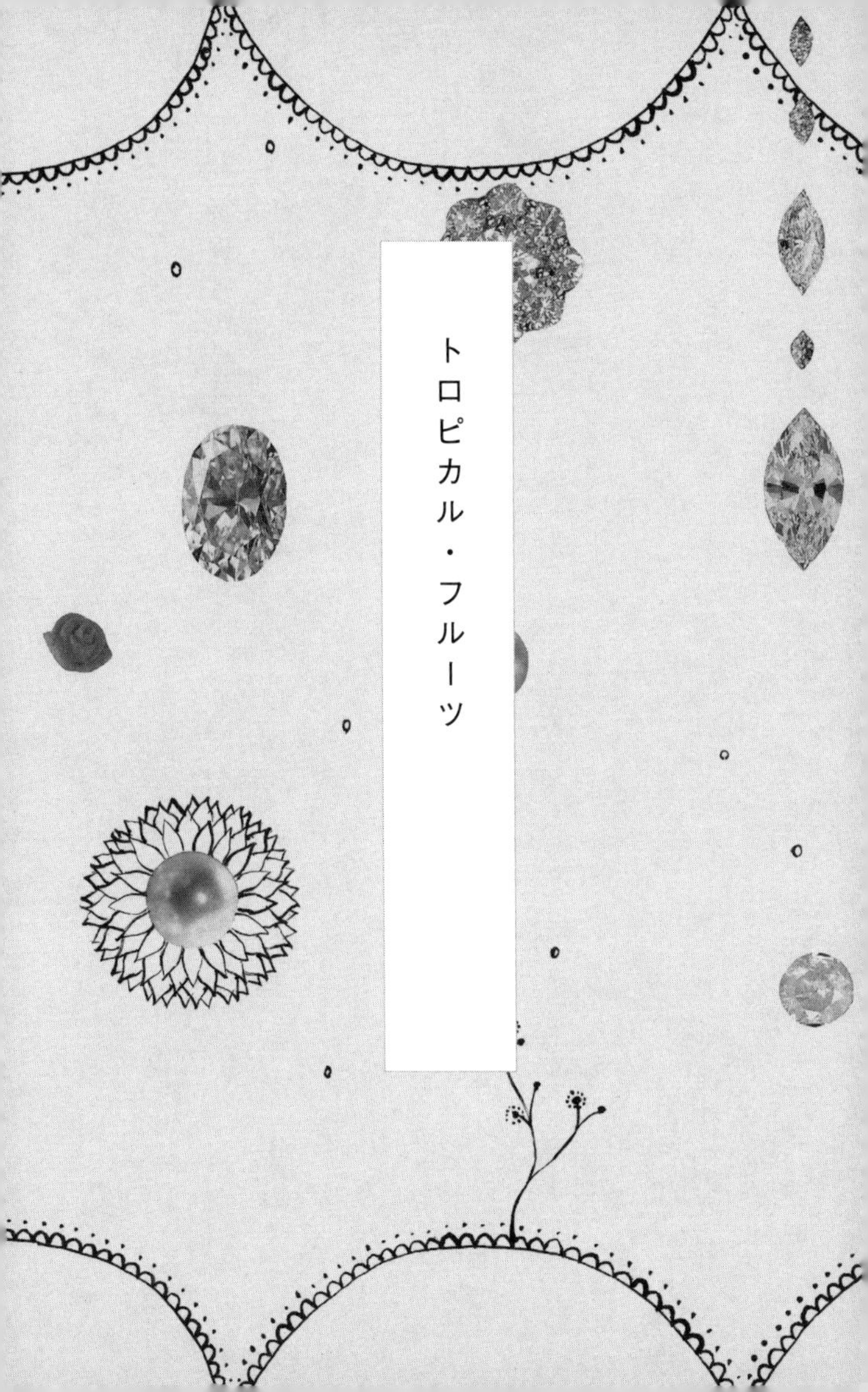

トロピカル・フルーツ

海を背景に、まるで静物画のように果物の皿が目についた。

ホテルの支配人からのウェルカムフルーツだ。皿の真横にタイプでうったメッセージが置かれている。

「高田《たかだ》邦明《くにあき》様、美佳《みか》様」

ハンドバッグをまだ手にしたまま、美佳はそのメッセージカードをしみじみと見ている。おととい式を挙《あ》げたばかりの二人にとって、夫婦としての連名はまだ珍しいものなのだ。

「随分気を使ってくれるのね。これ、私たちだけ特別なの、それとも新婚旅行の人には、みんなこんなに親切なの」

「多分、我々だからじゃないのかな。このホテルはよくロケに使うところなんだ。ここと親しいクリエイティブ部の奴に予約を頼んだから、多少気も使ってくれるんだろう」

だけど、と高田はちょっと軽口を言ってみる。

「僕に聞いてもらってもわからないよ。なにしろ新婚旅行に来たのは初めてだからね」

「まっ」

美佳は嬉しくてたまらぬように高田を軽く睨《にら》んだ。花嫁の余韻はまだそこかしこに残っていて、肌も髪も艶々と光っている。もともと身だしなみのいいおしゃれな女だったが、今日のいでたちも髪のウェイブからマニキュアまで隙ひとつない。亜麻《あま》色のスーツから靴にいたるまですべて新品だ。おそらく何ヵ月も前から、新婚旅行のために用意された品々らしいことは容易に想像がつく。

高田はかすかな重みを胃のあたりに感じたが、結婚というものはこうした重みを生涯背負っていくものだと既に納得していた。

「見て、向こうの空が少しずつ晴れてきたわ」

美佳がベランダに顔を向けた。私は〝晴れ女〟だからと自慢していたとおり、海の西側から薄陽《うすび》が射し込んでいる。

「よかったァ。沖縄に来て雨が降ってたら本当に悲しくなってしまうものね」

胸の上で腕を斜めに組み、自分の肩を抱く。二十六歳だというのにそんな少女じみたしぐさが似合う女だった。彼女より六歳年上の高田はこんな時、男がどうすればいいかを知っている。新婚旅行の部屋に到着し、妻は海を見つめるために窓辺に立ちつくしているのだ。夫は背後からまわり妻を抱き締めるべきだろう。高田はそのとおりにした。妻になったばかりの女の髪からは、いつもよりはるかに甘い香りがして、彼はいくらか厳粛な気分になる。

「幸せ？」

月並みな言葉が出た。

「幸せだわ。信じられないぐらい、すごうく」

本当にそう思っている証拠に、高田の腕の内側が触れている、妻の乳房が大きく呼吸している。美佳のこの純粋な喜びに対し、高田はかすかに後ろめたい気分になった。

「ご免な、ハネムーン、海外に行けなくって。忙しくって悪かったたな」

それは半分は本当で、半分は嘘《うそ》が入り混じっている。大手の広告代理店で営業をしている高田にとって、暇な時期などまるでない。不景気なら不景気で、新たに喰いついたスポンサーを大切にする時だった。新規のプロジェクトも始まっている。しかし一生に一度のハネムーンという名目なら、まとまった休みを取れないこともない。そうはせず、仲間のひとりが勧めるままに、直行便が飛ぶ宮古島のホテルを予約したのは、高田の照れというものだ。今さらこの年をして、新婚旅行に喜びいさんで行く、という印象だけは免れたかった。それより何より高田は疲れ果てていた。結婚というものが大変な労力を必要とするものだと聞いてはいたが、これほどまでとは思わなかった。大学進学のため地方から上京して以来ずっとひとり暮らしで、すべて安直に世間とつきあってきた彼にとって、結婚は想像を絶する大イベントであった。仕事がらイベントというものを数多く手掛けていたが、それとこれとはわけが違う。仲人への挨拶から始まり、式場、引き出物の選定とさまざまな煩《わずら》わしさが続いた。美佳は長女のうえにひとり娘という境遇で、親の張り切りようも大変なものだ。彼女の方の意向に振りまわされるうちに、結婚式はいよいよ大規模な複雑なものになっていく。

高田は途中何度も腹を立て、もういい加減にしてほしいと口にしたことさえあ

る、そのたびに美佳はほとんど涙ぐみながら、

「ご免なさい、ご免なさい、でも一生に一度のことだからもうちょっと我慢して……」

と謝り続けたものである。

このことを高田はよく愚痴ったが、同僚たちも異口同音に結婚式の煩雑さを口にした。すべての男たちが女のペースに乗せられ、へとへとに疲れてしまうのだ。

「仕方ないさ、俺たちはそういう結婚式と女房っていうもので世間に組み込まれていくんだからな」

と言った男がいて、高田はそうかもしれぬとため息をついたのを憶えている。

しかし、いまこうして妻になったばかりの若い美しい女を背後から抱き締めながら、二人で海を見ていると、そうした世間に組み込まれるのも悪くないなとふと思う。

俺も年をとったんだ。

そのつぶやきは奇妙な安堵《あんど》を高田にもたらした。彼はなおも愛情を込めた口調

でこうささやく。

「夏になったら少しは休みとれるからな。その時にはイタリアでもニューヨークでも、美佳の行きたいところに連れていってやるからな」

そして相手は、高田の予想していた通りの言葉をつぶやいた。

「私はどこだっていいの、本当よ。邦明さんと一緒に居られるんだったらどこだっていいの」

自分の中の「ありきたりの場面だな」というかすかな声を耳にしたが、高田は心地よい衝動にかられ、こちら側に向かせた美佳の唇を激しく吸った。友人の紹介で知り合ったのは二年前だから、美佳が二十四歳の時だ。もちろん初めてではなかったが、二人か三人の男たちは美佳にそう大きな痕跡を残してはいかなかった。高田が思う存分腕をふるうことが出来た体だ。いまそれはぐったりと高田の腕の中でしなっている。

「シャワーを浴びてくるわ」

あえぐように言う。

「だってとっても汗くさいんですもの」

「汗くさくなんかないよ。とってもいいにおいだ」

「でも嫌よ……」

高田はいつも思うのであるが、女というのはどうしてことシャワーや風呂に関しては我《が》を通すのであろうか。美佳のようなおとなしい女でさえそうだ。やや強引に腕を振りほどいてしまった。

「シャワーを浴びたらお散歩に行かない？　だって食事まで随分時間があるでしょう」

歌うように言いながらバスルームのドアを閉める。が、数秒もしないうちにまた出てきてやや恥ずかし気に部屋の隅に進んだ。そこには彼女の大ぶりのルイ・ヴィトンのボストンバッグが置かれている。

「お着替えを出さなくっちゃ」

言いわけするようにつぶやき、中から取り出したのはローンの花模様のワンピースだ。

「見ちゃ駄目」

と悲鳴を上げた。どうやら舞台裏を見られたくない気分らしい。おそらく散歩に行く時はこれ、食事をする時はこれと、彼女なりの計画を練っていたのだろう。

「見やしないよ」

　高田は苦笑いをした。

「私、髪を洗うからちょっと時間がかかるかも知れないわ。それでもいい？」

「ああ、いいとも」

　肩すかしをくった気分がしないでもないが高田は寛大に答えた。なぜかわからぬが、また新しい疲労が体の奥からじわじわと染み出したような気がする、が、多分、新婚旅行で妻の長風呂を待つ夫というのはたいていこんな心持ちになるのだろう。

　やがて湯をためる音が聞こえ始めた。シャワーを浴びるというよりも、どうも本格的に風呂に入るようだ。高田はベッドに腰かけ、電話機のボタンを押す。約束どおり同僚の熊沢《くまざわ》は外出せずに席に居てくれた。

「お前も律義な奴だなあ、新婚旅行先からちゃんと電話をくれるんだからな。俺は今頃、お取り込み中で電話どころじゃないと思ってたぜ。ふっ、ふっ」

「おい、おい、やめてくれよ。それよりも見積もり、どのくらいになった。もう出ただろう」

「それがなあ、ちょっと先方には見せられん数字だ」

二人は武骨なビジネスのやりとりをしばらく続けた。バスルームの音もまだ消えない。

「おい」

熊沢の口調が不意に変わった。

「今そこに、奥さん居るか」

「いや、風呂に入ってる」

「じゃあ、この話してもいいかな」

「涼子《りょうこ》のことか」

「ああ、昨日な、偶然に会ったんだよ。竹山良《たけやまりょう》の出版記念パーティーでさ」

熊沢は有名なイラストレーターの名を挙げた。確かにそこに同業者の涼子が居ても不思議ではない。

「正直言ってさ、お前の結婚式の次の日じゃないか。何て言っていいものか口ごもっちゃったんだが、彼女の方から声をかけてきた。高田さんの結婚式、どうだった、お幸せにねって伝えてちょうだいって言ってたぞ」

「ああ、そうか……」

すべてを知っている友人だけに、高田はひたすら頷《うなず》くしかない。

「まあ、それを聞いたらお前も少しはホッとするんじゃないかと思って。余計なことかも知れないが伝えとくぞ」

「ああ有難う」

「嫁さん、おととい初めて見たけど可愛くて美人じゃないか。お前ももうここでじっくり腰落ち着けて、嫁さん大切にしろよ」

最後は説教がましい言葉を口にして熊沢は電話を切った。

高田はソファに戻り煙草《たばこ》を手にした。黄昏《たそがれ》にはまだ間がある部屋は、ホテル独特の清潔な冷たさが横たわっている。壁には、おそらく南の海を表現したのだろう、青のグラデーションの抽象画がかかっている。もうひとつの装飾といえば、目の前のフルーツ皿があるだけだ。弓なりのバナナを囲むように、キウイ、マンゴー、パパイヤが盛られている。沖縄で穫《と》れるものばかりではあるまいが、それはいかにもこの場所にふさわしいものであった。どれも強烈なにおいを放ち、個性的なかたちをしている。そして高田はこの果物に似たひとりの女を知っていた。

高田は以前涼子から、二枚の写真を見せられたことがある。最初の一枚は髪の長い、清楚な雰囲気の二十二歳の彼女だ。

「親の言うままにお嬢さん大学へ通ってて、何も考えてなかった頃」

涼子は解説を加えた。そして三年後の彼女は、ソーホーの街並みを背景ににっこりと笑っている。髪は丸坊主に近いスキンヘッドだ。首のまわりにじゃらじゃらと石でつくったアクセサリーをつけている。

「これもみっともない私。何をしていいのかわからないままアメリカへ行って、とりあえず過激なことを試してた私」

極端から極端へ走ったおかげで、いま中ぐらいのちょうどいいところにいるでしょうと肩をすくめた涼子は、薄化粧にショートヘアだ。麻のシャツに男もののジャケットをひっかけているが、さりげなく金のピアスをしている。

仕事柄、高田はクリエイターと呼ばれる女たちによく会うが、育ちの悪そうなぞんざいな女や、個性と下品をはき違えているような女はとうてい我慢が出来なかった。あまりにも肌が合わず、ある有名スタイリストを切ってしまったことさえある。

その点涼子は最初に会った時から、高田に極めてよい印象をあたえた。あるカメラマンの紹介で作品を見てくれとやってきたのだが、ぴんと糊のきいた白いシャツがまぶしいほどだった。ほっそりと華奢《きやしや》な体つきの彼女にそれはとてもよく似合い、黒のスクラップブックを持っていると、まるで画学生のようだ。が、初めて会った三年前涼子はもう二十七歳になろうとしていた。

少女の頃からずっと油絵を習っていたが、本格的にイラストレーターになろうと思ったのはニューヨークに行ってからだと、涼子は例の写真を見せたのだった。外見に似合わず、涼子は大胆な絵を描いた。黒人の女たちが素裸で、性器さえ見せてくねくねと踊っている絵もある。金髪と黒髪の女が死体のように並んでベッドに横たわっている絵は、その後ファッション雑誌の表紙を飾った。

「ああいう絵を描く女って、レズビアンか、そうでなかったらSM嗜好だぜ。あいうクラブ行くとさ、あのテの女が多いって言うぜ」

最初の頃、一緒にチームを組んでいた熊沢などよく言ったものだ。しかしそれはすぐに間違いだと高田にはわかった。会って一ヵ月もしないうちに、高田は涼子のアパートに通うようになったからである。

四年前に死んだ父親の遺産で買ったという涼子の部屋はほとんど家具がなく、パキスタン製のラグと白いソファだけがリビングルームに置かれていた。気が向くと時々料理をつくってくれたが、どれも不思議なスパイスが効いていた。ナツメグや八角《バッチャオ》といったものなら高田にもわかるが、涼子の使うものはそうではない。調理棚にずらりと並んだ瓶《びん》は、昔の男や友人たちが彼女のために世界各国から持ってきてくれたものだという。最初の頃はそのにおいが気になり箸《はし》をつけなかったことさえあるが、やがて砂漠や熱風を思い起こすスパイスがなくては物足りないほどになった。その時既に、高田は涼子にのめり込んでいたに違いない。

学生時代から女には不自由しなかったし、仕事柄寄ってくる種類の女たちもいくらでもいた。その自分がどうしてこれほど涼子には夢中になるのだろうかと高田は自分でも空怖《そらおそろ》しくなるほどだった。その疑問を涼子にぶっつけ、二人で謎を解こうとまた激しく体を合わせた。そんなふうにして一年が過ぎ、もうこの女なしではいられないだろうと思い始めた頃、高田の前に美佳が現れたのだ。

出会いはよくある話であるが、〝飲み会〟というやつだ。部下の男が、有名商社の女性たちとコンパがあると高田を誘った。もうそんな年ではないと何度も手を振ったのに、人数が合わないと強引に連れていかれたのだ。

美佳の第一印象は決して強くはない。よくいる美人だなと高田は思った。東京によくこうした娘がいる。大切に育てられ、いい学校に進み、そのまま一流の企業に勤める。手入れされた肌に髪、趣味のいいハンドバッグ。笑顔が大層愛らしい。男たちがいちばん好むタイプだ。何も自分が手を挙げなくとも、いくらでも名乗りを上げる男はいるだろう。こうしたわかりやすい美点を持つ女は、自分よりも若い男たちに任せておけばよい。それが高田の第一印象だった。

ところが思いがけない方向に話は展開した。当時高田が手がけていたスポンサーが、アメリカのロック歌手のコンサートを計画していた。美佳はその歌手の大ファンだという。

「それならチケットを送りましょう。僕の手元に何枚かあるから」

こうしてきっかけをつくるのは、広告代理店の男たちの常套《じょうとう》手段だ。彼らと同じように取られるのは不本意だったから、高田はわざと素っ気なく切符を郵送した。中に手紙もメモも入れなかった。ところが三日もしないうちに美佳から電話がかかってきたのだ。どうしてもチケットのお礼をしたい。近いうちに食事をご馳走させてくれないだろうかと、美佳はよく暗記したセリフを吐き出すように言った。後で聞くと、もし断わられたらどうしようかと緊張のあまり、ずっと動悸が静まらなかったという。

涼子との交際が、はっきりとした高田の意志で始まったのに比べ、美佳のそれがいつどんな風に進んでいったのか高田は定かではない。会って三回目ほどで、

「この娘は俺に惚《ほ》れているな」

という確信は生じた。しかしそれに乗じたり、傲慢《ごうまん》な気持ちを持つまいと思った。それは涼子に対する誠意というよりも、めんどうくさいことは出来るだけ回避しようとする大人の男の分別というものである。しかし、

「高田さんって恋人いらっしゃるんですか」

という美佳の問いに対し、

「いたらいいんですがねえ、仕事が忙しくってチャンスがありません」

と答えたのは、あきらかに男の狡《ずる》さだ。美佳は今日に至るまで、涼子という女の存在を知らないに違いない。そして片方に隠し通そうとしたものを、どうして片方にはすべてぶちまけたのだろう。

「好きな女がいるんだ」

初めて美佳と結ばれた夜、彼女を送り届けてから涼子の部屋へ行った。涼子は

黙ってカップを差し出した。それもきつい香りのハーブティであった。

「私に別れて欲しいわけね」

彼女は腕組みをする。そうすると水色のシャツの胸のあたりにいくつかの皺《しわ》が寄り、高田は今伸ばそうとした腕をぴしゃりと拒否されたような気分になった。

「そうじゃない、そうじゃないんだ。どうしていいのかわからないんだ」

「子どものようなことを言うの、やめてよ」

涼子はせせら笑う。すると鼻のあたりに、シャツとそっくり同じやわらかい皺が寄った。

「ひとりの男にはひとりの女しか必要ないわ。そんなこと、三十になってわからないの」

「少し待ってくれよ」

本当に子どものような声が出た。

「待ってどうなるの。いつか私の方を選んでくれるっていうわけ」

「それは約束出来ない」

自分でも何と残酷なことを言うのだろうかと思う。けれどもこの女に対して嘘が通じないことを前から高田は知っていた。

「俺はきっと結論を出す。それまで見守っていて欲しいんだ」

「私はあなたのお母さんじゃないわよ」

涼子は低く笑い、ハーブティを飲み干した。青いシャツからはっきり喉仏が見えるほど最後まで飲み干す。高田の中に痛みのような欲望が走った。

「何するのよッ」

涼子は叫んだ。しんから怒りに満ちているのがふるったこぶしの強さでわかる。

「離しなさいよッ、卑怯よ、こんなの」

ティカップが床の上で割れた。もう中身は無いはずなのに、それは一層強い香りをはなった。女を暴力的に扱ったのは高田にとって初めての経験である。涼子の中に入っていった時、彼女は泣いた。決して許さないとも言った。けれどもそれで終わりだったというわけではない。

その夜から二年間にわたる高田と二人の女との三角関係が始まったのだ。三角関係といっても、美佳の部分の角はぼやけている。決して攻撃してこない角だ。高田は週に一度美佳と会い、映画を見て食事をした。その後ホテルに行くこともある。自宅から通っている美佳は髪が崩れることを大層心配して、その後小一時間ドライヤーで整える。その後ろ姿を見ると高田は、暖かいもので満たされる自分を感じるのだった。いつの間にか彼女の家にも出入りし始めた。想像どおり郊外の小綺麗な二階家で、想像どおり小型犬を飼っていた。

両親が海外旅行した隙に泊まったこともある。美佳の部屋は涼子とは実に対照的で、溢《あふ》れるようにたくさんの小物で満ちていた。人からプレゼントされたぬいぐるみにアクセサリーボックス、習い始めた茶道の道具だ。涼子と違い、彼女は自分の過去をすべていつくしみ、誇りにさえ思っているようであった。驚くほどの数の写真立てが、ベッドの傍といわず、飾り棚といわず置かれている。ハワイの語学研修に行った際の水着姿、友人たちとのスキーウエアの姿。涼子がかつて断ちきろう、変えようとしていたものを、美佳は忠実に継続しているようであった。

チェックの柄のベッドシーツの上で美佳を抱くと、高田は安堵と幸福に包まれる。かつては軽蔑し、避けようとしていた幸福感だ。そして高田はそのことを涼子の方に告白する。

「僕はもう若くないんじゃないかと思う。いつのまにか誰もが手にしたいと思うものを手にしたくなっているんだ」

「いいのよ、それが普通なのよ」

涼子は酒を手にしている。それは見たこともない果実の酒だ。緑色の深い瓶の底にその果実はマリモのように横たわっている。その酒が入っているのは、洗面所のうがいのコップだ。この二年間というもの、この部屋でもう何個のグラスが割れたことだろうか。

「もう決して来ないでちょうだい。来たらおまわりさんを呼ぶわよ」

涼子が本気で投げつけたグラスもあれば、嫌がる涼子を抱こうと高田がもみ合っているうちに割れたグラスもある。三角形のひとつの角が最後までやわらかくぼやけていたのに比べ、もう二つの角はますます鋭く尖《とが》り、決して交わることは出来ないことを知っていた。そしてそのことに苛立《いらだ》ち、両端で二つの角はお互いを傷つけ合おうと焦っているかのようであった。

「もう疲れたわ」

ある夜涼子は言った。

「こんな風に相手をめちゃくちゃにすることだけが私たちのつき合いなんですもの。いかに相手をまいらせるか言葉で挑戦して、ボクサーのように向き合っているわ」

その時の涼子は薄荷《はっか》のにおいがした。それは高田もよく知っているにおいだった。

「あなたと私はとてもよく似てるわ。そのこと、とっくに気づいているでしょう」

高田は頷いた。

「双児みたいに手の内がわかってしまうの。ねえ、もういいわよ。あなたはやっぱり、あなたの可愛い人がお似合いなのよ」

美佳のことを涼子は「あなたの可愛い人」と呼んでいた。

「もういいわ、もう十分よ。もうあなたの可愛い人に決めなさいよ。これだけ時間をかけて決めてもらったんだから私、もういいわ。本当よ……」


「お待ちどおさま」

バスルームのドアから美佳が出てきた。さっきのワンピースを身につけ、髪を小さく結《ゆ》い上げている。ほとんど化粧をしていないが湯上がりの頬がピンク色に染まっていた。

「どう、このワンピース」

夫の強い視線に照れ、スカートの両端をひょいと持ち上げた。うっとりするほどの可憐さだった。

「とっても可愛いよ、こっちへおいで」

美佳を強く抱き締めると、かすかに濡れた首筋の後《おく》れ毛から石鹸のにおいがした。ああ、このにおいこそ自分が求めていたものだと高田は思う。涼子とのあの激しい愛憎の日々は美佳が原因だったが、美佳無しでは一日たりとも耐えられなかったと思う。この女こそ自分を地獄へ落とし入れ、また救い上げてくれた恩人なのだ。この女の無邪気さにこれからの自分を賭けようと思う。高田は美佳の手を握り、二人でベッドへ向かった。

「駄目でしょう、これからお散歩に行くんじゃなかったの」

こうした時、美佳はわざと舌ったらずな言い方になる。「でしゅ」と幼児のように口をすぼめることさえあった。

「散歩なんかこれから一生出来るさ。それよりも……」

「あら、こういうことも一生出来るんじゃありませんか」

「つべこべ言うな」

自分の口調にハッとする。こういう命令口調は涼子の時だけで美佳には決して使わなかったものだ。が、美佳は気づいた様子はない。くすぐったそうに身をよじり、くっくっと笑う。彼の乱暴さが気に入ったのだ。

ワンピースのファスナーは大層細く、それを下ろすのに苦労した。やや荒く脱がすと美佳は上半身に何もつけていない。どうやらすぐにこうなることを予想していたかのようであった。高田がよく知っている四つの乳房のうち二つがそこにはあった。今ここにあるものは白く丸い。そしてもう手に触れることの出来ない片方は浅黒くつつましやかであった。が、もうそんなことは考えてはいけないのだと、高田は首を横に振りながら顔を近づける。彼が選んだものは早くも固さを持ち始めていた。

何度も美佳と体を合わせていたが、このように明るいところで服を着たままは初めてだ。

「ああ、そんな」

美佳は激しくあえいだ。いつの間にか彼女が、自分の愛撫にきちんと反応する女になっていたことに、高田は二年という月日の長さを思った。ここぞと彼が力を入れると、そのとおりに彼女に絶頂がやってくる。

「――――」

その言葉の意味がしばらくわからなかった。

「許してあげる」

美佳は確かに叫んだのだ。

「許してあげる、本当だったら」

許してあげる。はからずも美佳が叫んだ言葉。彼女はすべてを知っていたのか。無垢《むく》な鈍感な女の振りはすべて芝居だったのか。

萎《な》えるものと戦うために高田は顔を上げる。どこからか香りが伝わってくる。

それは小半刻《こはんとき》たったトロピカル・フルーツの香りではない。もっと強いせつないものが彼の鼻腔《びこう》を襲い、まとわりついた。

前田君の嫁さん

前田君は、私の高校の八つ後輩にあたる。今年二十八歳のまことに元気な青年だ。私はよく知らないのだが、高校時代はウェイトリフティング部で活躍し、県大会でいいところまで進んだという。

普通八歳も離れていれば、交流がないだろうと思われるだろうが、この町の男たちは非常に仲がいい。そもそも町に残っている男たちが少ないのだから、しょっちゅう釣り大会、飲み会、ゴルフコンペと遊びまわっている。

もちろん真面目な寄り合いも多い。町の活性化をテーマに、東京から大学の先生を呼んで講演会をしてもらったり、順ぐりに自分たちが研究テーマを発表することもある。

前田君たち青年部が、最近めきめき力をつけてきて、地域のイニシアティブをとろうとしているのは頼もしい限りだ。そういう時、我々三十代、四十代の男たちもきちんと耳を傾ける。ほとんどの青年たちが東京に出る中、こうして町を守ろうとしている彼らは、それだけで貴重で有難い存在なのだ。前田君たちに発言権を多く与えて、なんとか町が魅力あるものになってほしい。前田君たちの兄や父親にあたる世代は、かなり気を使っているのだ。

それほど町には若い男がいなくなってしまった。私が高校を卒業する頃は、クラスの中で数人は家を継ぐ者がいたのだが、最近は学年で三人か四人いる程度だという。たいてい東京に進学し、残りわずかの者が就職していく。勉強が好きで、一流大学へ行くのならともかく、隣近所の坊主を見渡しても聞いたこともない学校ばかりだ。そしてそのまま帰ってこない。やがて何年かすると、小さいマイカーに、嫁さんと赤ん坊を乗せてやってくる。何日か泊まり、田舎はいいなあと深呼吸し、甘い親がどっさり用意した野菜や米を持って帰るのだ。

三流大学を卒業し、たいしたところに勤めているわけでもない。聞けば狭いアパートや団地に親子ひしめき合って暮らしているという。それならばなんぼかこちらの方が暮らしやすいと思うのは、あながち残っているものの強がりではあるまい。

田んぼが施設園芸の方向に変わり始めた昭和四十年頃から、町の暮らしはめっきりよくなった。国の指定産地になったピーマンは値崩れも少なく、これをつくるようになってから農協が活気づいたと誰もが言う。うちでもそうだが、最近メロンの高級種を栽培するところも増えて、貧乏な百姓などとうに昔の話だ。

　右を向いても、左を向いても、新築した大きな家ばかり。車はほとんどの家で二台持ち、作業用の軽トラックを入れると三台になる。釣りは一年中出来るし、隣の町にゴルフ場も出来た。スーパーもレンタルビデオショップも、カラオケスナックもすべて揃って、若い衆《し》も老人たちものびのびと暮らしている。それなのに若い男たちは東京へ行ったきり、帰ってこようとしない。

「しょうがねえさ、百姓をしてると嫁さんが来ない。今の若いもんは金よりも女さ」

　としたり顔で言うのは、私の近所の釣り仲間だ。彼も三十五歳まで嫁が来なかったクチである。

「このあいだもテレビを見てたら、なんとかっていう大学の先生が言っていた。三Kがどうしたこうしたなんて言っているけれど、最終的には女が寄ってくるかどうかっていうことなんだそうだ。今の価値判断の根本は、女にもてるかどうかだって言ってたが、そうかもしれんな」

この町でも嫁さん不足は深刻で、一時期はフィリピンやタイから相手を見つけてこようなどという冗談も出たほどだ。

だから嫁さんはどこの家でも大切にされている。畑の場所も知らないという、昔なら考えられなかったような嫁さんもいるぐらいだ。それでも嫁さんの来手は少ない。

私が考えるに、農家の嫁というのは、今はふたつの方法で獲得できるのではないだろうか。ひとつは高校時代から恋愛し、在学中からしっかりした約束をとりつける。

ふたつめは、学校でも就職でもいいから、息子をとにかく東京へ出す、そしてそこで結婚した女を家につれてこさせる。

以前はこのあたりでも、若い娘は結構いたものだが、近頃は農協の窓口にいるのもおばちゃんばかりだ。みな短大ぐらいは行かせたいと東京へ出すから、町には適齢期の女が少なくなった。見合いをしようにも、農家の長男というだけで断われる。こんな男たちが頼りにするのは、気恥ずかしい言葉だが〝愛の力〟というものではないだろうか。

幸い私は、高校の時からつき合っていた現在の妻が、就職もせずに二十歳の時に来てくれた。ふたつ齢下の妻は、知り合った時はまだほんの小娘だったが、それこそ顔が赤くなるような手紙をすぐに寄こすようになった。私とそういう関係を持ったからである。

祖父が隠居所に使っていた離れを、私は勉強部屋にしていたが、大胆にも妻はそこに泊まっていくようにさえなった。私も若いからもちろん帰したくはない。今だからこんなことを言えるのだが、十六、七の子どもがあのことを知ったら、ほとんど気が狂ったようになってしまうのは仕方ない。

二十年近く前のことだから、まだ高校生も純朴で、私たちのことは当然目立つ。親にも教師にもあれこれ言われたようだったが、妻は自分の感情を抑えようとはしなかった。おとなしい外見に、どうしてあれほどの激しいものがあるのだろうかと、男の私はとまどったことさえある。すると妻はそんな私をなじるのだ。

私を連れてどこかへ逃げて、と言って私に迫ったのは、妻が高校を卒業する少し前だった。

私は時々考えることがある。あのまま妻が成長するのを待って、知恵がついた彼女と交際を続けていたらどうだったろうか。おそらく妻は駆け落ちを迫ったことなどとうに忘れ、農家の長男に嫁ぐことをあれこれ悩んだに違いない。

三人の子育てに追われ、夜遅くまでピーマンの選別をする妻にも、もしかしたら別の生き方があったかもしれないと、私はふと可哀想に思う時もある。しかしこうなったのも妻の運命だったろうと安易な結論で締めくくるのが常だ。

ところで、このように私が、妻とのなれそめをあれこれ思い出すようになったのは、やはり都会から来た嫁さんたちのことが原因しているのかもしれない。

この町で嫁さんを確保するもうひとつの方法は、いったん東京かその近郊に出ることだと前にお話ししたと思う。この頃すぐにうちには入れず、跡取り息子を進学させたり、就職させたりするのには、何年かは都会で楽しんでおいでという親心と、そのあいだに嫁さんを見つけてきてほしいという計算高さもあるのだ。

私たちの頃は、めったに東京に行くこともなく、いかにも田舎くさい格好をしていたものだが、この頃の若者は栄養がいきとどいていて背も高い。

テレビや雑誌をよく見ているから、洋服の着こなしもなかなかのものだ。都会にぽんと置いても、そう見劣りしないだろう。そういう彼らに恋心を抱く女がいたとしても何の不思議もないが、気持ちが燃えたったところで、結婚して一緒に田舎へ帰ってくれというのは、なにか相手を騙していることにならないだろうか。

高校生の時に下級生の女の子と寝て、いっきに結婚まで持っていったお前は、騙していたことにならないのかと問われると困るのだが、少なくともあの頃の私は純粋だった。ただ一緒に暮らしたいという気持ちが先で、後継者問題うんぬんというのは、ずっと遠いところにあったはずだ。

それに私の妻は近くの町の出身で、家は商売をしていたものの、近くの畑でいくらか野菜もつくっていた。この町に嫁ぐこと、農家の嫁になることはどういうことかきちんとわかっていたはずだ。

そこへ行くと都会から来た嫁さんたちは、どうしても〝騙されて連れてこられ

た〟という思いが私の中に湧く。もちろん寄り合いなどでは、そうした若者の肩を叩き、

「よくやった、よくやった。お前は本当に色男だな」

などと喜んでやる私なのだが、そんな自分の声を空々しく感じてしまうことがある。

やはりそれは、前田君の嫁さんのせいではないだろうか。

「あそこの嫁さんは、本当に愛想というものがない」

妻がぷりぷりして、若妻会から帰ってきたことがある。

若妻会というのは農協婦人部の中につくられたグループで、三十五歳までの女たちで構成されている。妻は三十四歳だから、百二十人ほどの女たちのうちでも当然最古参となり支部長をしている。来年は三十五歳以上の女たちのグループ「みつば会」に入らねばならないのだが、それを惜しむように、この二、三年、精力的に活動し始めた。

もともとが元気な女だったから、やることが素早く積極的だ。しょっちゅうバザーだ、講習会だと飛びまわっている。

妻は都会から来た嫁さんたちをなんとかみなに溶け込ませようと、あれこれ考えたらしい。覚悟してきた、といったらおかしな言い方だが、農家の嫁になろうと決心してきた女たちは、概して明るく朗らかだという。

それに気持ちを決めれば、自然に囲まれ、暮らし向きはゆったりしている町だ。昔のような嫁いじめもない。女たちは特に威勢がよく、まるでクラブ活動をする女学生のように、楽しげに婦人部の活動をしている。たいていの嫁さんたちは若妻会にもすぐ馴じんでいくのだが、

「前田さんのお嫁さんは、どうもしんねりしているね」

妻が言う。

なんでもその日、支部会でかぼちゃを持ちよって、かぼちゃ料理の講習会があったそうだ。フリッターやパンプキンパイといった、なにやら舌を嚙みそうなハイカラな料理を、近くの専門学校の先生が来て教えてくれることになった。けれ

ども前田君の嫁さんは、みなとうちとけることもなく、そこにいるのがとてもつらそうだったというのだ。

「きっとお姑《しゅうとめ》さんに言われて、いやいや来たんだろうけれども、あんなのは利口じゃないね。里見さんとこの佳子ちゃんは――」

妻は別の家の嫁さんを名前で呼ぶ。同じ頃嫁いできても、こちらは早くも〝ちゃん〟づけなのだ。

「本当に頭がいい嫁さんだよ。うちのことで忙しくっても、婦人部のことを本当によくやってくれる。利口者だったら、皆に可愛がられるコツを知っているのにね」

妻はさらに愚痴を続ける。このあいだ妻の提案で、着付け教室を開こうということになったらしい。着付けが出来る者が何人かで手分けをして教えることになったのだが、

「前田さんのお嫁さんは参加してくれないのよ。着付けが出来るから、せっかくみんなとうちとけるチャンスだと思ったのにね」

妻は唇をゆがめるようにして言った。

私は前田君とは親しいが、その嫁さんとはしょっちゅう顔を合わせるわけではない。カラオケや酒が好きだったら、スナックで会うこともあるだろうが、前田君の嫁さんはそうしたことにも興味がなさそうである。

私は結婚披露宴に呼ばれた時の記憶をたどってみた。地方はどこでもそうかもしれないが、この町でも披露宴はそれは盛大なものだ。三百人、四百人はざらだし、先日の町会議員の跡取り息子の時は、なんと六百人も呼んだ。よくしたもので、ここから車で三十分ほどの県庁所在地には、とてつもない大きさの宴会場を設けた結婚式場があるのだ。

前田君の披露宴は二年前で、六百人とはいかないが、その半分は出席していたのではないだろうか。嫁さんは背が高く、ひょろっとした印象があった。実際にはそう大女ではないのだろうが、前田君はウェイトリフティングをやっていたせいで、ずんぐりとした体型である。その横に立つから、ことさら大きく見えたのである。

前田君は私と同じ高校を卒業した後、東京の短大（恥ずかしながら、男も入れる短大があることをその時初めて知った）に行き、経理を学んだ。そしてその後、秋葉原の電器店に就職し六年間勤めたのだ。横浜の会社でOLをしていた嫁さんとは、友人の紹介で知り合った。なんでも最初の頃は、グループでスキーに行ったり、お酒を飲みに行ったりしたつき合いだったという。

「そこから恋が芽ばえた、まことに現代的な二人のなれそめといえましょう」

と仲人の農協組合長は言ったけれども、私はその締めくくりに多少違和感を持ったのを覚えている。

列席者は多いし、私などまだ若輩の方に入るからずっと末席だ。花婿、花嫁の顔をそう近くで見たわけではない。けれども流行《はやり》のキャンドルサービスをするために、青いイブニングドレスを着た嫁さんが近づいてきた時に、私は随分淋しげな女だと思った。

背が高くひょろ長いのは金屏風の前に立っていた時から気づいていたが、同じように顔も長い。それにひと重の切れ長の目と、いやに薄い唇とがあるので、なにやら顔中に隙間があるという感じに見えるのだ。花嫁独特の厚化粧をしているが、これを落としたら貧相といってもいいほどの顔つきかもしれないと私は想像した。

対する前田君は、丸顔の童顔だから、こちらの方がよっぽど若く見える。テーブルのあちこちから、

「今夜頑張れよ」

「ちゃんと出来るのかよ」

などと卑猥な冗談があがり、それに照れて笑うさまは、昨日まで学生だったような幼さがあった。

嫁さんのお色直しのイブニングドレスは、なかなか豪勢なもので、男の私にはよくわからないが、キラキラと輝く糸で織られていた。胸のまわりには同じ色の造花がどっさりと飾られている。それでも前田君の嫁さんのまわりには、うっすらとひややかなものが漂っていて、この女性がにぎやかなグループ交際をしたり、前田君と恋におちたということが、どうにも私には腑におちなかったのだ。

その予想どおりといっては相手に気の毒だが、この地に嫁いで二年、前田君の嫁さんは未だにこの町に溶け込めないらしい。私は妻の噂話を聞くたびに、またあの〝騙された〟という言葉を思いうかべるのだ。他の家の嫁さんたちにはそう感じない。前田君の嫁さんと妻が口にするたびに、私は反射的にあの青いドレスと、うつむいた嫁さんの姿を、すぐになぞる。それはいたわしいといってもいい、私自身ほとんど馴じみのない感情であった。

子どもたちが明日から夏休みに入るという日、太陽が奮い立ったようにやっと暑くなった。私は作業用の軽トラックではなく、シーマの方を運転していた。私は若い頃から車が好きで、高校を卒業するや家に入ったのも、

「すぐにでも何でも、好きな車を買ってやるから」

という親の言葉にたやすく乗ってしまったというのが正直なところだ。目新しい車が発売されるとすぐに替えたくなるので、車のセールスマンはしょっちゅう出入りしている。妻は金が貯まらぬとこぼすが、他の連中のようにそうゴルフも

旅行もするわけでもなし、釣りと車は私の数少ない道楽といっていいだろう。

県道をしばらく行ったところで、私は停留所に一人の女が立っているのを見た。こんな時、相手が顔見知りで行き先が同じだったら、乗せてやるのはこの町の常識というものである。マイカーが増えて以来、赤字続きのバスは一時間に一本あるかないかという本数なのだ。

スピードをゆるめてから気づいた。女は前田君の嫁さんだ。こざっぱりしたブラウスとスカートといういでたちは、近くでもないが、そう遠出というわけでもない。おそらく私と同じ県庁所在地の市まで行くのであろう。

「よかったら乗りなよ。今日は暑いから、待っているあいだに茹《ゆ》だってしまうよ」

私が言うと、嫁さんは素直にドアを開けた。

おそらく中国製のものだろう、土産にもらったと妻が同じようなブラウスを着ていたことがある。細かい刺繍が一面にほどこされているものだ。それに青いプリーツスカート。この色がきっと好きなのだろうと、私は披露宴でのイブニングドレスのことをふと思い出した。

「どこまで送っていけばいいかね」

「あの、都合のいいところで結構です」

「この暑さだからね。そっちの行くところで降ろしてやるよ」

「あの、じゃ、市民病院」

言った後でしまったというふうに、嫁さんはうつむいた。狭い町のことだ、どこが悪いのだろうと噂されることを怖れているのだ。私はそれを察して、陽気にこんなふうに言ってみた。

「誰かの見舞いかね。こんな暑い時に病人は大変だね。もっとも俺も病人みたいなもんだけどね」

「病人？」

嫁さんはけげんなふうにこちらを見る。これは予想と違っていたことだが、花嫁の化粧をとっても嫁さんはそう貧相にはならなかった。肌が意外に綺麗で、薄く口紅をつけている程度だから、淋しげというよりも涼しげな印象だ。昔風のおっとりとした顔の人形といったら言いすぎだろうか。決して美人ではないのだが、非常に清潔な感じがするのに驚いた。考えてみれば、こんなふうに近いところで前田君の嫁さんを見たのは初めてといってもいい。

「腰をやられちゃってね。鍼《はり》ぐらいで直ると思ったら長びいて、今、駅近くのカイロプラクティックに通っているんだよ。全く百姓が腰を痛めるようになっちゃおしまいだな」

「あのカイロプラクティックって効くんですか」

「そうだね、ここんとこちょっと調子いいがね。あと三カ月も通えばもっとよくなるって先生は言ってるけどどうかねえ。今日だって除草するつもりだったのが、半日潰れて全く嫌になってしまう」

「除草は嫌ですね。夏草っていうのは、本当に信じられないような早さで伸びますもんね、植物っていう感じじゃなくって、生きものみたい。こわくなりますよ」

前田君の嫁さんは本当に嫌そうに眉をひそめた。そうしながらハンカチをうちわ代わりにして、パタパタと胸のあたりをあおぐ。ハンカチはブラウスと同じような、白い刺繍が入ったものだ。そう大きな衿ぐりではないのだが、首すじから鎖骨がのぞくあたりが、かすかに汗ばんでいるのが、真横からでもわかった。その白さは農家の嫁としての彼女の不幸せをあらわしているようで、私は気になって仕方ない。

「前田君は、いい父ちゃんだろう」

シーマは加速が強く、何台か追い越しながら私は尋ねた。

「ええ、いい人ですよ。本当によくしてくれますよ」

前田君の嫁さんは、こちらが鼻白むほど素直に言った。

「あのうちのおじさんも、おばさんもいいだろ。気がよくってな。俺なんか子どもの頃から、よく可愛がってもらったもんさ」

「ええ、お舅さんも、お姑さんも、私にとても気を遣ってくれます、こっちがすまないぐらい……」

それならば、どうしていつも不満気な様子をしているのだろうかと、私は腹立たしい思いにかられた。こんないらだちを、私は町の女たちに感じたことがない。妻も、その友人たちもたいてい気さくで、あけっぴろげでよく笑う。何かの折に、車に同乗させてやることがあるが、こんなふうな気詰まりを感じたことは一度もない。

それなのに不思議なことだが、私はついこんなことを言ってしまったのだ。

「見舞いが終るのは何時だね。俺は四時頃終るけど、よかったら待ち合わせして、一緒に乗っけてやってもいいよ」

「本当ですか、助かります」

前田君の嫁さんは、こちらがとまどうほど喜んだ。

「バスに乗るには、いったんデパートのターミナルまで行かなきゃならないし、こんなに暑いから嫌だなあと思っていたんです」

「じゃ、どこで待ち合わせようかね。病院まで迎えに行ってやってもいいけれど、南口だからぐるっとまわらなきゃならん」

「私、おじさんの都合のいいとこで、どこでも……」

〝おじさん〟という言葉に、私は苦笑いした。こちらは同じ車にいる相手として、それなりに意識していたわけだが、十歳離れた顔見知りの男は、嫁さんにとって〝おじさん〟らしい。しかし、この言葉を聞いたとたん、私は大層気が楽になった。

「それじゃデパートの中にするかね。そうしたら車も置けるし、どっちかが遅くなっても時間が潰せる」

「よかった。私は四時よりずっと早く終ると思うんで、地下で買物が出来ます」

私はふと思いついて、こんな提案をした。

「たぶん七階で『イタリア展』っていうのをやっているはずだから、あそこで待ち合わせたらどうかな」

「イタリアですか……」

嫁さんがまじまじとこちらの顔を見る。

「今日の新聞にチラシが入ってたから、面白そうだと思って。そんなふうには見えんかもしれないけれど、俺はデパートの催事場はよく覗くようにしてるんだよ。

百姓だって、いろいろ興味を持たないと、世の中から取り残されるからな」

「あの、いいえ、私、そんなつもりで言ったんじゃないんです。イタリアってという言葉が、あんまり突然で、急に天から降ってきたようで、私、田んぼの苗を見ていた最中だから、本当にびっくりしたんです」

前田君の嫁さんは、おかしな言い方をした。この女は、妻が言うように、確かにちょっと変わったところがある。

「イタリア展」は思っていたよりも盛大なもので、国旗のシンボルカラーで飾りたてたアーチをくぐると、金髪娘がイタリアワインの入った小さな試飲グラスを差し出した。しかし夏休み直前の平日ということもあり、気の毒なほど人が入っていない。前田君の嫁さんは、たやすく見つけることが出来た。

ベネチアから運んできたというゴンドラの前で、嫁さんはじっとたたずんでいた。傍を腰の曲がった婆さんと、風船を持った孫が通り過ぎる。その男の子もたいして興味をはらわなかったゴンドラを、嫁さんは喰いいるように見つめているのだ。私が近づいていくと、嫁さんは小さなクッションを置いた、座席のあたりを指さした。

「ゴンドラって、ここに乗るんですね。想像していたよりも狭いなぁ」

「映画でなんか見ると、もうちいっと大きいような気がしてたけど、ゴンドラなんてちっちゃいもんだ」

「私、もうこれに乗ることはないんですよね」

それは私への問いかけというよりも、自分に対する断定だった。私は若い女が、これほどせつなげにものを言うのを聞いたことがない。たかがゴンドラじゃないかと、私は奇妙な気持ちになった。

「そんなことはないさ。組合のツアーで、ヨーロッパの旅なんて、いくらでも出てるよ。そう、そう、おたくんちのおじさんもおばさんも、三年ぐらい前にハワイに行っただろう」

「そうらしいですね。私が結婚する前のことですけど……」

「あのうちは旅行好きだから、前田君だってそのうちイタリアぐらい連れていってくれるさ」

「でも二人で年をとってから行くのと、若い時に自由なままで行くのとじゃ、まるっきり違います」

嫁さんは瞳をこらして私を見た。それは睨んでいるといってもいいぐらいだ。

「私、子どもの頃、イタリアで勉強するのが夢だったんです。語学を習いながら、美術館へ行ったり、街をぶらぶらする、そして時々はこんなゴンドラに乗る。あの頃どうしてあんなことを考えていて、それがかなうと思っていたのか本当に不思議で仕方ないんです」

女のこうした独白めいたことを聞くのは、もとより私の得意とするところではなかったので、私は彼女を隣のショウケースのところに誘い出した。そこにはさまざまなベネチアン・グラスが飾られている。

「わあ、綺麗」

さっきまでの憂い顔とはうってかわって、嫁さんはあどけなくため息をもらす。中でも彼女が目をこらしていたのは、文鎮のようになっているわん型のガラスで、中に小さな花々が埋められているものだ。

値段も手頃だったので、私はそれを買ってやることにした。

「いえ、そんなこと、困ります」

嫁さんは何度も拒否したが、最後は包みを手にしてにっこりと笑った。

「いい思い出になります。本当にありがとうございました」

前田君の家の財布がどうなっているかわからないが、多分あのお袋さんが握っているだろう。仮に若夫婦が別会計にしていたとしても、農家の嫁さんはああいった女のおもちゃのようなものは買いづらいものだ。

私は前田君の嫁さんがあまりにも喜ぶので、なんだか気恥ずかしくさえなった。

帰りの車の中でも、嫁さんはガラスを包みから出し、掌に乗せて見つめたりする。そして多分お礼のつもりだろうか、こんなに居心地のいい車に乗ったことはないと言ってくれた。車好きの男にとって、車を誉められることほど嬉しいことはない。私はシーマを選んだいきさつをあれこれ話した。

「ところであんた——」

実を言うと、私は前田君の嫁さんの名がどうしても出て来ないのだ。結婚披露宴の時とその後ぐらいに、何度か聞いた憶えがあるのだが、すっかり忘れてしまった。

「あんたは車を運転しないの」

「ええ、私、免許を持っていないんです」

田舎で車を運転しない人間は、相当の変わり者といってもいい。バスは失《な》くなる一方だし、車を自分で動かさないことには、どうにも身動き出来ないのだ。最初は持たずに嫁いできた女たちも、すぐに近くの教習所に通い出す。

「みんな免許を取れ、取れって言わないのか」

「ええ、スーパーに行くのも不便ですから、何とかしようと思ってますけれども、私は怠け者ですから、教習所へ行くのが億劫《おっくう》で……」

「まあ、子どもでも出来れば変わるさ。いやがおうでも、車を運転して、保育園だ、病院だ、と連れていかなきゃならないからな」

「出来ないんです、子ども」

前田君の嫁さんは、いささか間の抜けた高い声を出した。

「それで病院へ通ってるんです。不妊治療っていうんですか、いろいろ検査したり、薬を飲んだり」

「あ、そう」

私は大きくハンドルを切った。男はこういう話題を出されると、本当に困惑してしまう。

「子どもでも出来たら変わるんでしょうけどね。そうしたら今の生活がもっと地についてくるっていうか、現実っぽくなると思うんですけどもね……」

独白の多い女だった。そして喋《しゃべ》る言葉はなにやら意味のわからないことばかりだ。しかし私はよく知らない女に四千七百円のガラス細工を買ってやったことを、なぜか全く後悔しなかったのである。


ちょうど一週間後、私はまたカイロプラクティックの治療所に通うために、車を走らせていた。私にはひとつの予感があった。前田君の嫁さんが、またバスの停留所に立っているのではないかという勘だ。病院には週に一度通っていると言った。ということは、このあいだと同じ曜日、同じ時間に会う可能性が高いということになる。

神社の角を曲がったところで、私はバスの古ぼけた青色を見た。前田君の嫁さんは、あれに乗るに違いない、という気持ちはもはや確信となって私をせかす。バスを追い越し、小学校の正門横まで行くと、白いパラソルを持った嫁さんが立っていた。

「乗りなよ」

私は大急ぎで窓を開けて怒鳴った。

「バスがもうじき来るけど、こっちの方がずっと乗り心地いいだろう。あんたも誉めてたじゃないか」

嫁さんはニッと笑い、ゆっくりとドアに近づいてきた。ドアを開けて乗り込むまでが随分のろいので、後ろに追いついたバスが、クラクションを鳴らしたほどだ。

「暑いですね」

ここに自分が乗っているのは当然というふうだった。礼も言わない。私はまた四時にデパートの催事場にいるが、それでも構わないかと尋ねた。

「まだ『イタリア展』をやっているんですか」

「いや、あれは昨日で終りだ。今日は日本画の有名な人の展覧会をやっている」

「日本画は、あんまり興味がないです」

「そういえば県民会館小ホールで、長谷川悦美のガラス展をやっているよ」

私はたまたま思い出したように言ったが、朝、新聞で調べておいたのだ。長谷川悦美という人は、市に住んでいるガラス工芸家で、地元の有名人である。案の定、前田君の嫁さんもよく知っていると答えた。

「そこで待ち合わせるのはどうだろうか。あんた、ガラスが好きだものな」

その時の、嫁さんの笑顔は今でも忘れない。子どもがそうするように、顔じゅうくしゃくしゃと笑うから、小さな目がますます小さくなった。そしてまたおかしなことを言う。

「私がガラスを好きなことを知っているのは、世の中に二人しかいないと思うんです」

「ほう」

「私の母と、おじさんかな」

「前田君は知らないのかね」

「あの人、そういうことにまるで興味がないから。自分の奥さんは、晩ごはんのおかずのことしか考えていないって、たぶん思っているはずですよ」

楽しみにして行ったのに、長谷川悦美の個展はあまり面白くなかった。前田君の嫁さんが好きそうな、小さくて可愛らしいものはなく、やたら大きな置物や皿が、どんと並べられているだけだ。これでは何も買ってやることが出来ない。

いかにもつまらなさそうな顔をして私を待っていた前田君の嫁さんに、こう言った。

「なんだかすまなかったね。じゃ、来週はちょっと遠出をして水沢村まで行ってみるかい」

遠出といっても水沢村へはここから車で一時間もかからないだろう。小さな湖があるだけの淋しい場所だったが、いわゆる〝村おこし運動〟というものを始めてから、すっかりさま変わりした。バーベキューセンターをつくり、音楽会のための小さなホールを湖辺に建てて、定期的に演奏会を行っている。そればかりではない。東京から前途有望な芸術家を誘い、村がアトリエを建てて貸しているのだ。村のふれあいセンターでは、そうした芸術家がつくった陶器や絵が売られ、観光客に人気があった。中にガラス工房があり、製造中の様子を外から眺められるようになっている。私も子どもたちとバーベキューを食べに行った際、それを見たことがある。飴のようにやわらかいガラスが、ちょきんとハサミで切られたり、それにぷうっと空気を入れるさまは、いくら見ても見飽きることがない。私はあれを前田君の嫁さんに見せたいと思った。

そして来週のこの時間、病院やカイロプラクティックに行かない代わり、二人で水沢村に行こうと約束したのだ。

その日は朝から雲ゆきがおかしかった。もし、雷がくるとビニールハウスが心配だ、出かけないでほしいという妻の言葉を振りきって、私は家を出た。いつものところで、前田君の嫁さんは青い花模様の傘をさして待っていた。今日はブラウスとスカートではなく、紺色の線が入ったワンピースを着ている。それはいつもと違う心の華やぎをあらわしているようで、私は大層満足した。

ワンピースばかりではなく、前田君の嫁さんは籐の手提げバッグの中に、ガムとチョコレートものばせていた。それを口に含んでは、

「まるで遠足みたいだね」

としきりにはしゃぐのだ。私も初めて聞いたのだが、前田君のお袋さんは最近高血圧がひどくなって、昼間でも寝ていることが多いという。

「孫が出来たら元気になるかもしれないっていうことで、忙しいのに私は病院に行かされてるはずなのに、こんなことしてていいんだか」

と言いながらも楽しそうだ。笑顔の回数が増えていくのを、私は収穫時の作物を見守るように眺めた。

ガラス工房の前にはベンチがあって、窓ごしにじっくりと見物出来るようになっている。二人の男が花瓶（だと思う）をつくっているところだった。真赤に燃えているガラスを窯《かま》の中から取り出す。吹きざおとその先にあるガラスは、ちょうどマッチ棒のようで、しんに向かって男は息を吹き込む。それはたとえようもない徒労のようにも、人間が行なう崇高な行為のようにも思える不思議な動作だった。その時雷が鳴った。

「あの、おじさんは、こんなはずじゃなかったって思うことがありますか」

「そんなことはしょっちゅうだね」

私は煙草に火をつけた。ガラスで物がつくられるさまを見ていたら、しばらく煙草を吸うのを忘れていた。

「こんなはずじゃなかった、こんなはずじゃなかったって、思うことの繰り返しだ」

「私もそう。あのう、私、後悔っていうんじゃないんです。後悔っていうのは、ああすればよかったって思うことでしょう。私は他に選択がなかったんだから、後悔はしていない。だけど本当にこんなはずじゃなかったんです」

　また雷がとどろいて、芝居めいた暗さになった工房の中、男が火の玉に向かって、息を吹き続けている。

「あの、子どもがどうして出来ないかっていうとですね、私、結婚前に何度も中絶してるから」

　こんなに野放図に言葉を吐き出されると、その重さは全く伝わってこない。私は驚きもせず、ただうん、うんと頷《うなず》いていた。

「長いこと奥さんがいる人とつき合ってました。もう嫌なことばっかりあって、これ以上耐えられないと思った時に、うちの人が現れたんです。結婚してくれって言われて、私、本気で思った。生まれ変わってやり直すんだって。いや、それは嘘だな。そこまで前向きには考えてなかった。ただ農家のお嫁さんになって、毎日自然の中で暮らすのも悪くない。そうしたら、もう考えずにすむんじゃないかと思った……」

　独白はどうやら、この女の癖らしかった。

「私の中からいろんなものが消えてくれるんじゃないかと思ったけど、やっぱりうまくいかないいんですよ」

「そりゃ人間の性格というのは、そんなに簡単に変わるもんじゃないよ」

私が実に安易な言葉を口にしたとたん、前田君の嫁さんがばんと片足を蹴るようにしたので、それに落胆したのがありありとわかった。

「あの、私がいけなかったと思うんです。自分が変われると自惚《うぬぼ》れてた私がいけなかった。でも私、間違って結婚してここに来ちゃったっていう感じがどうしても抜けないいんですよね。いったいどうしたらいいんでしょうか」

彼女のつぶやきは、あの披露宴の日から、私が漠然と感じていた違和感とぴったり重なるものだった。私はそれを確かめたくて、こうしてここに来たのだろう。

赤く燃えているガラスは、次第に伸ばされ、今、飾りの耳までつくられた。あのガラスは前田君の嫁さんだ。前田君は都会という工房から、どうしてあんなに熱くて、取り扱いのむずかしいものを持ってきたのだろう。

しかし前田君にそのことがわかるはずがない。誰にもわからない。私がそれを知ったのは、偶然がいくつか重なったからだ。

私は尋ねた。

「あんたの名前、聞いてなかったよな」

「洋子って言います。太平洋の洋」

その名前がとても平凡だったことに私は安心しながらも、名を問うたことをやはり悔やんだ。今まで前田君の嫁さんを車に乗せていたのだが、この瞬間から、洋子という女が隣にいることになる。名前を聞いたことで、私は彼女の日々の重みを背負わなければいけないようなのだ。

雨足が弱くなったのを汐《しお》に、私たちは水沢村を後にした。途中のバイパスに沿って、いくつかの派手な看板が並んでいる。「ホテル・レイクサイド」「ホテル山なみ」「空室あり」「休憩にどうぞ」

近いうちに私は、洋子という女をこの中に誘う。きっとそうなるに違いないという予感に私は身震いし、あわてて冷房のスイッチを切った。

真珠の理由

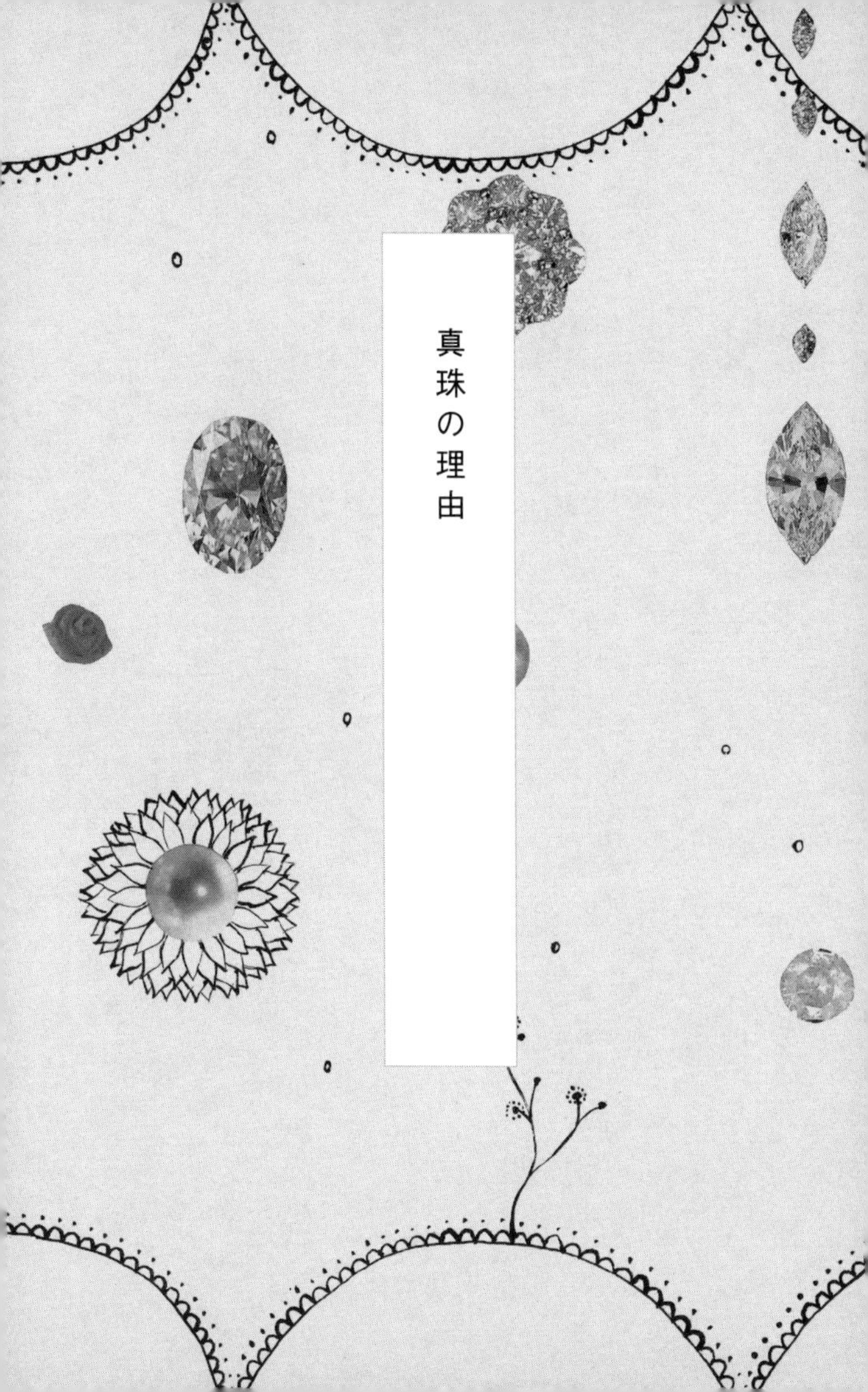

「激しい女だなあ……」

感嘆とも、いとおしさとも、そしてかすかな怖《おそ》れともとれる声でよく彼はつぶやく。腕をからませ、そして足をからませても、私はもどかしい。もっと強く彼と私とを密着させ、お互いの皮膚の中に入っていけたらと思う。肉を分け入り、そして骨と骨とがしっかりと組み合わさったら、やっと私は満足できるかもしれない。けれどそれは不可能だから、私は時々、彼の肩を噛《か》む。後で赤く歯形の残ったそれを、指で確かめ、もう一度彼は言う。

「激しい女だなあ……」

私は髪をゆるく編み込みながら、振り返る。

「あら、それがよくって私とつき合っているんでしょう」

知り合って三年たつけれど、私たちはまだお互いに夢中だ。このことについて友だちは不思議がるけれど、私はいつもこんなふうに言う。

「あたり前じゃないの。私たちはふつうの人より、恋する能力がずっとすぐれているんだもの」

初めて秀児《しゅうじ》に会った時から、私にはわかっていた。これはちゃんと一騎打ちの出来る男だって。宣戦布告をし、堂々と戦える相手だってすぐにわかったのだ。秀児はある劇団で演出をしている。若者だけの劇団で、本多劇場で時々公演をするといったら、ああそこかと頷《うなず》く人も多いかもしれない。お客はかなり入るのだけれど、劇団経営が楽なはずがなく、秀児は時々テレビドラマの制作を手伝ったりしているのが現状だ。

けれども芝居にかける情熱は大変なもので、大学時代からこの仕事につくことを決心していたという。

彼のいいところは、芝居をやる人がもっている独特のくすみや、嫌味がないところかもしれない。ゴールデン街なんか決して行かないし、汚いジャンパーも着たりしない。テレビの方でまあまあお金をもらうから、結構しゃれた恰好《かっこう》をし、私を六本木に連れて行ってくれる。

それほど背の高い方ではないけれど、肩幅があるからとても大柄に見える男だ。そして何よりも眼。他の若い男たちの中では見ることが難しくなった、強い光をたたえた眼だ。きつすぎもせず、そうかといって今風の愛嬌《あいきょう》でもっているような眼では断じてない。

彼は他の男たちとは違う。その境界線の柵《さく》のように、彼のやや切れ長の眼はすっと引かれている。夜、暗闇《くらやみ》の中で私をせつなくさせる眼だ。

そして彼も言う。

「オレにもすぐにわかったよ。加奈《かな》がそういう女だって」

私は平凡なOLだ。空間プロデュース会社などと銘うっているが、結局は街の不動産屋だ。まあ、社長の名誉のためにひとこと言わせてもらうと、原宿や青山の買い占めでたっぷり儲《もう》けた彼は、単に不動産をいじるだけの仕事に飽きたらしい。そしていくつかのホールをつくり、そこでのイベントを手掛けるようになった。

私はそれまでただのOLだったけれど、多少目端がきくということで、突然「プランナー」という名刺を持たされた。彼と出会ったのはその頃だ。実際やっていることは、社長の秘書的な小間使いだったけれど、打ち合わせにも参加するようになってすぐの春だった。

芸能人や有名人を何人も呼んで、ホールのオープニングパーティーが開かれることになった。社長は当時流行していた、エスニック風にことを始めたいと思ったらしい。なんとかという民族舞踊団が呼ばれ、会場のあちこちにヤシの木が置かれた。そしてこのパーティーを演出したのが秀児だったのだ。

「最初に加奈を見た時から、ピーンと来たよ」

彼はさらに言う。

「これは久しぶりに手ごたえのある女だってな。ひっかけ甲斐《がい》があるって、かなり張り切ったよな」

その時、私たちがどんなことを話したのかよく憶《おぼ》えていない。ただ当時大層人気のある俳優をめぐって、小さないさかいをしたような気がする。ふつうこういう場合、女がその俳優のことを誉《ほ》め、男はけなすものだけれど、私たちの場合は違っていた。

「あのわざとらしさがたまらないのよ。自分は本当はドラマなんかに出ている人間じゃない、もっと深く生きてるんだってことを思わせるために、女性雑誌でお説教をたれる。ああいう男を見ていると、本当にいらいらしてきちゃうの」

「でも君は彼が出てる『こんなふうに愛されて』を毎週見ているんだろう」

「そうよ、あれは日本中の女の子がみんな見ているわよ。だってドラマとしちゃ、すごくおもしろいんだもの」

「だったら、俳優としての彼を認めてやっているっていうことだろ。素直に、好きって言ってやれよ。雑誌でいろいろ喋《しゃべ》るなんて、オマケみたいなもんさ。それで判断されるなんて、役者にとっちゃつらいよ」

「あら、そうはおっしゃいますけどね、私たちはテレビに出てくる人の〝肉声〟を、雑誌で確かめるところがあるんだから、そういう感想を持つの、あたり前でしょう」

もう一人の会社の女の子が、うまくとりなしてくれなければ、私たちは激しい口論を始めていたかもしれない。彼が後で言うには、全くもって勝手な理屈だったが、私が途中でやめないところが気に入ったという。たいていの女はああいう

時、

「そうかしら」とか、

「そうはいっても……」

などといって言葉尻《じり》を濁すのだそうだ。

「オレはとにかく、リングから降りない人間っていうのがわりと好きなんだ」

彼は言ったものだ。けれども私たちがすぐに恋人になったかというと全然そうではない。勝気でプライドが高く、自意識過剰気味の私たちは、しばらく相手の動向をうかがっていたところがある。少しでも先に「好き」と言った方が負け、というゲームをしているような日々が三か月続いたと思う。

そしてよくある話で恥ずかしいのだけれど、いつもよりお酒を飲んだ真夜中、不意に抱きすくめられて、私たちの関係はやっと始まった。

「ずうっと前から、こうしたかったんでしょう」

ベッドの中で私が尋ねると、彼は初めて素直にああと頷いた。

「じゃ、どうしてすぐに、こうしなかったの」

私は鼻をくすんと鳴らして、彼の肩にすり寄せていった。

「こういうことをして、君にぴしゃりとやられるのが怖かった」

「えー、私が断わると思ってたの」

「自信はあったけどね」

「じゃ、どうしてすぐに、こうしなかったの」

といって、甘い堂々めぐりは、小一時間も続いたと思う。今までの分をいっきにとり戻すかのように、私たちは何度も抱き合った。そう、その時も彼は言ったのだ。

「激しい女だなあ……」

その時、彼の声は限りない賞賛と尊敬にあふれていたような気がする。

彼がその話をしたのは、朝飯を食べている時だった。たまに彼は泊まっていくことがあったが、その時はほとんど何も食べない。ミルクをほんのちょっとたらしたコーヒーを一杯飲むだけだ。けれども休日の朝は、ブランチといって、私は彼にいろんなものを食べさせるようにした。卵を落としたスープだとか、アスパラガスのサラダ、そしてこんがりと注意深く焼いたトーストとかだ。

彼のギャラが入ったり、私の給料日後だと、この朝食にワインがつく時もある。ブランチにワインという記事を、どこかの女性雑誌で読んでさっそく真似したのだ。もともと呑《の》んべえの彼に異存があろうはずもなく、一本を二人であけた後は、またベッドに行くこともある。

その朝は、白いワインだった。それほど高くないカリフォルニアワインだったけれど、琥珀《こはく》色がかった透明のそれに遅い陽ざしがゆったりと映えて、私の部屋の狭いダイニングキッチンも、贅沢《ぜいたく》な恋人たちの場所に変わった。

「なあ、加奈は真珠のネックレスを持っているかよ」

不意に彼は尋ねたのだ。

「持ってるわよ。もちろん。ほら、先週も映画を見に行く時にしてってたじゃないの。黒のセーターに、シフォンのスカーフをしてさ、その上にぐるぐる巻いたじゃない。あなた、センスがいいって誉《ほ》めてくれたと思うわ」

「あんなイミテーションじゃなくってさ……」

なぜか秀児は、じれったそうに言った。

「本物の真珠だよ。あのな、女の子が生まれると誕生日ごとに、ものすごくいい真珠をひと粒買うんだってさ。そうすると、結婚する頃には上等の真珠のネックレスが出来て、結婚式につけられる。これってすごくいい話だと思わないかい」

「そんなの、つくり話よ」

私は反射的に叫んでいた。

「前に本で読んだことがあるけど、そんなの外国の話でしょう。日本でやってる人なんかいないわ。それにさ、よく考えてよ。女の子が結婚する時って、二十三か四よ。本当に誕生日ごとに真珠を買っていたとしても、二十三粒か二十四粒。それっぽっちでネックレスが出来ると思う」

そう言いながら私は、真珠のネックレスがいったい何粒あるのか全く知らない自分に気づいた。それどころか、本物の真珠なんか見たこともない。たまにホテルのアーケードなどで、真珠のネックレスやブローチを見たことがあるけれど、ああいうものはおばさんがするものだと思っていた。

私にはイミテーションの真珠で充分だ。ジーンズとセーターに組み合わせることもあるし、なんでもない日のプレーンなシャツの時に胸につけると、急にそのあたりが華やいでくる。私は真珠というものはそういうものだと思っていた。それにしても秀児は、どうして真珠のネックレスのことなど言い出すんだろうか。

「だからさ、ちょっとそんな話を聞いたんだよ」

彼は私の眼を見ないようにして、オレンジジュースを飲み干す。

「ちょっといい話だと思ってさ。それで君に言ったんだよ」

「そんなの嘘《うそ》っぱちだって言ったでしょう」

私は力を込めて言った。

「女って、男の気をひこうとしてよくそういうことを言うのよ」

「別に女の子から聞いたわけじゃない」

「女が男に言わなくて、どうして、誰がそんなこと言うの」

私は彼の横顔を睨《にら》みつけた。私のその時の怒りは、すべてのことの予感で、すべてのことの始まりだった。

秀児は私にとって、そう忠実な恋人だとは言えなかったと思う。ほんの時たま、街で知り合った女と彼は寝たし、そのことを不用意に漏《も》らすこともあった。もちろんその後で、派手な喧嘩《けんか》はよくしたが、私は彼を許してきたような気がする。なぜなら私の恋人は確かに魅力的だと考えることは、他の女が寄ってきても仕方ないと諦《あきら》めることに似ていたからだ。けれども秀児は最後にこんなことを言う。

「加奈を本当に悲しませるようなことはしないから、わかってくれよな」

なんてムシのいいことを言うのだろうと口ではなじりながら、私はいつのまにか秀児の髪をかき上げている。さらさらとした髪は、まるで幼い男の子のようだ。私はやわらかい茶色の髪を持った男を、どうしても手離すことができない。

秀児の固い髪も爪《つめ》も、肌の色も、そして体毛の濃さ加減もちょうど私の好みにかなっていて、私はそのことを時々奇跡のように考えることもあった。そしてこの奇跡を守り抜くために、どんなことでもしようと決心した私だ。

秀児が真珠の話をし始めてから二週間たち、私はいくつかのことに気がつくようになった。秀児が日々、いろんな発見をしているということを私は発見するのだった。

「なあ、クルミの入った菓子ってうまいよなあ」

ひとり言のようにつぶやいたことがある。

「オレって甘いものは駄目だと思ってたけど、砂糖を減らして、クルミの味だけで焼いたやつ、あれって結構うまいよなあ」

なんて無邪気で馬鹿な男なんだろうか。女はこれだけで新しい女が、ケーキを焼くのがうまいということをすぐに察してしまうのだ。

桜の木って毛虫がついて大変らしいぜと不意に言う時もあった。私はこれによって、桜の大木を持つ庭の、そこに佇《たたず》む女を想像してしまう。そして彼女の胸元には誕生日ごとに足してもらっている、白く輝く本真珠があった。

「ねえ、本当のことを教えて頂戴《ちょうだい》。私が傷つくんじゃないかって遠慮はしないで。私はただ本当のことを知りたいだけなの」

私は玲子《れいこ》を新宿の喫茶店に呼び出した。玲子は秀児と同じ劇団で舞台美術の助手をしている女だ。同い齢《どし》ということもあり、前から私とは気が合った。

「あのねえ、何ていうのかしら、ま、ちょっとした気まぐれだと思えばいいんじゃないの」

言いづらいことを口にする人がよくそうするように、彼女も身につけたものをぐすぐすといじる。金色の動物たちが踊るブレスレットは確か誰かのインド土産《みやげ》だ。

「本当に気まぐれよ。なぜってね、あの二人、まだ恋人っていうわけじゃないと思うもの」

〝あの二人〟という言葉が、その時私をどれほど傷つけたか、おそらく玲子は気づかなかっただろう。そうでなくてはこんなふうに話を続けるはずはない。

「ま、可愛《かわい》いお嬢さまに好意をもたれて、秀児のやつぼーっとしてる、いまはあの二人、そのレベルなのよ」

今年の春のこと、俳優の紹介で一人の女子大生がやってきた。いろいろな雑用を手伝わせて欲しいと言ってきたのだ。今までもファンと称する若者が、出たり入ったりするところだから、そんなことは少しも珍しくなかったが、彼女が目立ったのは有名女子大の学生だったこと、言動が並みはずれておっとりしていたことだという。

「なにしろね、皆で遅くまでお酒飲んだりする時があるじゃない。するとさ、店から電話をかけるの。近くまで迎えに来てくれってね、私は見たことはないけど、白いベンツがやってきたという話よ」

もちろんこんな話が、おもしろかろうはずはない。

「どうしてそんなお嬢さまが、お芝居をやろうなんて思うわけ」

「ま、結構この世界、お坊ちゃまもお嬢さまも、ここに来る頃には相当ドロップアウトしてるわよね。あんなふうに純粋培養されたまま、芝居やろうっていうのも珍しいわ」

その優子という女子大生は、最初からいたく秀児のことを気に入っていたという。なんでも悩んでいる時にきついことを言われ、結局それが救いになったというよくあるパターンだ。

「お嬢っていうのは、案外大胆なのよね。バレンタインの時も、堂々とみんなの前で、秀児にチョコを渡すのよ、無邪気ぐらい怖いことはないわよねえ……」

そして玲子は何本めかの煙草に火をつける。今どきヘビースモーカーなどまるで流行《はや》らないのに、芝居をする者はそうであらねばならぬと思ってでもいるように、彼女はすぐ煙草を指にはさむ。よく見ると彼女のウェイブがとれかかった髪は先がとても赤茶けている。こんな女たちの中で、その優子とかいう女は、さぞかし目立ったに違いない。

「あのねえ、気にすることはないと思うの。高校生のノリなのよ、高校生。秀児もまんざらじゃないと思うけれど、それ以上どうすることもできるはずないじゃないの」

私は自分にたくさんのことを言いきかせた。これが何だっていうんだろう。本当にたわいない話ではないか。若くて綺麗《きれい》な女の子に、秀児がちょっとやにさがっている。ただそれだけの話ではないか。

けれども四日目のこと、いつものように秀児が私の肩に手をかけた時、私はそれを乱暴にはらいのけていた。

「やめてよ」

どうしてこんなことを口にするのだろうと、私は問いたくて秀児の顔を見る。自分の心がわからないから相手のことを見つめるなんて、私には初めての経験だった。

「他の人に出来ないことを、私にするなんて最低よ」

私にしては珍しく彼に甘えていた。攻撃という真正面からやる方向でなく、拗《す》ねて彼の心を確かめようとした。それが証拠に、私は語尾をゆるくした喋《しゃべ》り方をしていたはずだ。そうすれば秀児も、彼にしては珍しい苦笑いというものをするに違いない。

〈やめてくれよ。何考えてんだよ。お前までがつまんない噂《うわさ》にあれこれ惑《まど》わされるなよ〉

〈いいじゃないか、可愛いコと仲よくして、何が悪いんだ〉

ところが彼の言葉は、予想したどれでもなかった。

「お前までそんなこと言うなよ。これ以上オレを苦しめないでくれよ」

「苦しむですって」

私の喉《のど》の奥から悲鳴のような声が出た。苦しむ、苦しむですって、自分の男が、他の女のことで苦しんでいると今、確かに言った。こんな時、女はどうしたらいいのだろうか。

「オレ、加奈にいつ言おうかってそればかり考えていたよ」

ばかばかしい。高校生みたいな交際なんでしょうと言いかけて、私はすべての言葉を呑《の》み込む。秀児は私に告白しようとしているのだ。

「なに、その女子大生とデキちゃったってわけなの」

私はことさら下品な問い方をする。彼とその相手をおとしめることが、いまいちばん手っとり早い腹いせというものだ。

「なによ、そのカワイコちゃんから責められて断われなかったっていうわけ。泣かれて、とりすがってきたの」

「彼女の名誉のために言うけど……」

〝彼女〟という発音に私はあやうく絶望しかかるところだった。秀児から何人もの言いわけを聞かされてきた。今までの女は、みんなカノジョだった。通りすがりの女であることを証明するように、秀児はカノジョの〝ヨ〟を鼻から抜けるような音でつぶやく。その男がこの上ないいとおしさを込めて〝彼女〟と言ったのだ。私はああと両手で顔をおおう。

　けれど耳をふさいだ方がよかったかもしれない。その後にもっと残酷な言葉が待っていたのだから。

「彼女の名誉のために言うけれど、誘ったのはオレだ。彼女からそんなことをするはずがない」

「そうよね。すごいお嬢さまなんですって。ベンツがお迎えにくるようなお嬢さまなんですってね」

「ベンツなんか来やしない。お父さんのセルシオだ」

「何だって同じよ。そのコはね、たぶん真珠のネックレスして、クルミのケーキ焼くんでしょう。あんたって下品よ。そうよ下品な男だから、そういう女に魅《ひ》かれるのよ。でも恥ずかしいと思わない？　そういうことってものすごく恥ずかしいと思わない」

「ああ、恥ずかしいよ」

秀児はふてくされた少年がよくするように、左手をポケットに入れ、かすかに肩をいからせた。

「だけど仕方ないじゃないか、オレ、こんなの初めてなんだよオ」

その言い方も、まるでいつもの秀児とは違う。

「あんなにやさしくて、あんなに純粋な子、初めてなんだよ。オレが守ってやらなきゃどうしようもないじゃないか」

全く秀児の口から、こんな陳腐《ちんぷ》な言葉を聞こうとは思っていなかった。これ以上聞きたくないと、私は結論を叫んだ。

「わかった。それであなたは私と別れたいって言うのね」

そう言ったとたん、私はどんなことをしても秀児を放したくないと思ったのだ。

その決意はまるで闘志とそっくり同じだった。みなぎるような力が爪先《つまさき》から起こり、それは太ももをはって肩に登り、首すじを震わせたのだ。私は「イヤッ」と大声をあげ、秀児に抱きついた。床の上を二人はごろごろと転がり、何十回というキスをした。もっともそのキスは私が上になった時に行なったことが多かったけれど。

「激しい女だよな……」

やがて身を起こした秀児が感に堪えぬように言った。その中にかすかな諦《あきら》めとやさしさがあるのを、私は決して見逃さなかった。

「激しい女だから愛したんだって、あなた前から言っているじゃないの」

「そうさ。だからオレの気持ちもわかってくれよ」

秀児の口調がいつのまにか共犯者のそれに変わっていることに、私はかすかに安堵《あんど》した。

「加奈とあいつはまるっきり違うんだよ。だからオレは悩んでる。迷ってる。きっと近いうちに結論を出すよ。だからわかってくれよ。オレのことを責めたりしないでくれよ」

責めるつもりはなかった。ただこれからのことを注意深く見守るつもりだった。もし秀児の心があちらに傾けば、私はきっと戦う。そのことをはっきり告げた時、秀児は悲し気に首を横に振った。

「そんなの無理さ。あいつが戦えるはずないよ。あいつはただ待っていることしか出来ない女なんだよ」

私はそれから長い間、秀児の話を聞いてやった。聞いてやったというのはおかしな言い方だが、私は少し混乱していたのだ。たったいま、自分が秀児に対してどういう立場をとればいいかわからない。とりあえず私は、昔からの恋人として〝古女房〟のように振るまおうと考えたのだ。

私は母親のように彼の手をとり、彼の苦悩を聞いてやった。こうすると、ほんの少しだけれど私は心が落ち着く。自分で自分を誉《ほ》めたくなる。この世は、男と女の色恋沙汰《ざた》だけではない、無償の、崇高な愛というものが出来るかどうか試してみたい……。

などということをぼんやり思ったのもつかの間で、私は秀児の言葉に次々と打ちのめされる。

「オレ、どうしていいのかわからない。あいつのことを考えると、からだがじぃーんとなって、居ても立ってもいられなくなる。こんな気持ちは初めてなんだよ」

そして私はわかる。〝初めて〟という言葉ほど、他の女を傷つけるものはないのだ。

「私はどうなの。私の時は初めてじゃなかったの」

私はわざと意地の悪い質問をした。

「加奈の場合はまるっきり違うよ。最初からオレとぴったりきた。オレのものだっていう感覚があった」

そしてここで秀児は、彼にしては珍しいため息をついた。これこそ私が初めて聞くようなものだった。

「お前とは別れられないよ。どうしていいのかわからない。だからこんなに悩んでるんじゃないか」

だけどわかってくれと、彼は続ける。

「優子っていうのはさ、なんていおうか、他の女とまるっきり違うんだ。こう白くて、ふわふわしててさ、いろんなことに耐えられないんじゃないかと思うんだ。だからいまオレは、あいつに対していろんなことができない。言葉で説得したりは無理だ。わかってくれよ」

男の身勝手がつんと心に沁《し》みてくる。けれども私は怒って立ち上がることも、秀児に平手打ちをくらわせることもできない。そんなことをしたら、優子との差がますます拡がるだけではないか。

自分と似た女なら、勝つ自信はいくらでもある。今までだって打ち負かしてきた。けれども全く違う女は、いったいどうしたらいいのだろうか。

私はまだ見ぬ優子という女におびえていた。清らかで、無邪気で、愛らしい女におびえない女がいるだろうか。私のように、地方から出てきて、ハングリーなにおいをあちこちに染み込ませている女にとって、いちばん苦手な女なのだ。

何日かぐったりと考え込んだ揚句《あげく》、私は結論を出した。そう、今までどおりにするのだ。私の中でひとつの音が、ちかちかと発信されている。それは「タタカエ、タタカエ」と発しているのだ。けれど最初から勝負がわかっている戦いではないか。私はきっと勝つだろう。優子という女は何も言えず、うつむくだけだ。そして私は勝って負けるのだ。彼女は負けることによって、秀児の心を自分のものにする。

そんなことは充分にわかっているけれど、私は彼女に会わなければならない。ぐずぐずと思い悩むことほど嫌いなことはないのだ。心が芯《しん》のように固まっていって、そこから少しずつ腐臭が発せられるような気がする。

だから私は電車に乗った。優子の住む街に向かう郊外電車の下りは、とても空《す》いていて、何人かの学生が声高《こわだか》に話しているだけだ。劇団の近くで会ってもよかったのだが、秀児や他の人たちに見つかるのが怖かった。

「日曜日はあまり遠くへ外出するのを家の者が嫌います。近くでよろしかったら」

電話の中の優子の声を思い出している。秀児には言わないで頂戴《ちょうだい》、わかりました、などという会話もくっきりとうかびあがる。確かに綺麗《きれい》な声だった。東京で生まれ、ずっと東京に住んでいなければ出せないようなやさしい声だ。

私はといえば、いかにもイメージにふさわしい恰好をしていたと思う。ゴルチエのパンツに、ISのランニング、Gジャンといういでたちだ。うまく言えないけれど、私は自分の役割をうまく演じようとしていた。

そして約束の時間きっかりに、優子はファミリーレストランのドアを開けた。私が思ったとおりの長い髪をしている。目はそう大きくないけれど、涼やかでいかにも品のいいかたちだ。これでもう少し鼻がほっそりしていたら、かなりの美人といっていいだろう。丸くてぽちゃっとした鼻は、彼女をやや幼く野暮ったく見せている。

意地の悪い視線はそのまま続いて、私はとても不思議なものを発見した。それは彼女の紺色のジャケットにつけられたカメオだ。カメオのまわりに、レースのように真珠が飾られている。

真珠の好きな女というのに、私はまたまたおじけづく。イミテーションのじゃらじゃらしたものならともかく、私は本物をひとつも持っていなかった。

「このたびはどうも」

私はとてもへんてこな挨拶《あいさつ》をした。

「でも私たち、一度は会っておいた方がいいと思うの」

優子は予想どおり俯《うつむ》いた。こうすると睫毛《まつげ》が長いのがとてもよく目立つ。たんねんにマスカラを塗った睫毛。きっと彼女の自慢なのだろう。

「秀児はいまとても悩んでいるの。私とも別れられないし、あなたのことも好きだって言うわ。だからね……」

舌がうまくまわらなくなった。私はいったい何を喋《しゃべ》ろうとしているのか。状況説明をしている時ではない。単刀直入に「秀児と別れてくれ」と言えばいいのだ。

優子が不意に顔を上げた。

「私、別れませんからね」

私は息を呑《の》んだ。その言葉の強さにではない、こちらに視線をゆったりと送る優子の目が、熱っぽく光っているのだ。それは残忍な、といってもいいほど明るく光っていた。

「私は絶対に嫌。秀児さんは私のことを愛してると言っているわ。そして私も同じ気持ち。こんな私たちに、どうしてあなたがあれこれ口をはさむことができるのかしら」

真珠のカメオのブローチが、荒く上下している。もう一度優子は言った。

「あなたがこれ以上、秀児さんにちょっかい出すようだったら、私も黙っていないわ。どんなことしてもあなたと切れてもらう。ねえ、女と男のことに、古い、新しいもないと思いません、愛されている方が勝ちなのよ」

優子の傲慢《ごうまん》な笑いに、私は一瞬見惚《みと》れた。気取っている時よりも、こうした彼女の方がずっと綺麗だ。そしてこの顔を、おそらく秀児は知らないだろうと思ったら、急に笑いがこみあげてきた。

やめよう、やめようと思っても、くっくっと私の喉《のど》から音が吐き出される。

秀児はなんてお人よしなんだろう。私のことを激しい女だって……。この世に激しくない女などいるはずはないではないか、それが何もわかっていない単純な男……。ああ、おかしい。

優子が気味悪そうにこちらを見つめている。その顔と私はそっくりだと、やっと私はわかった。

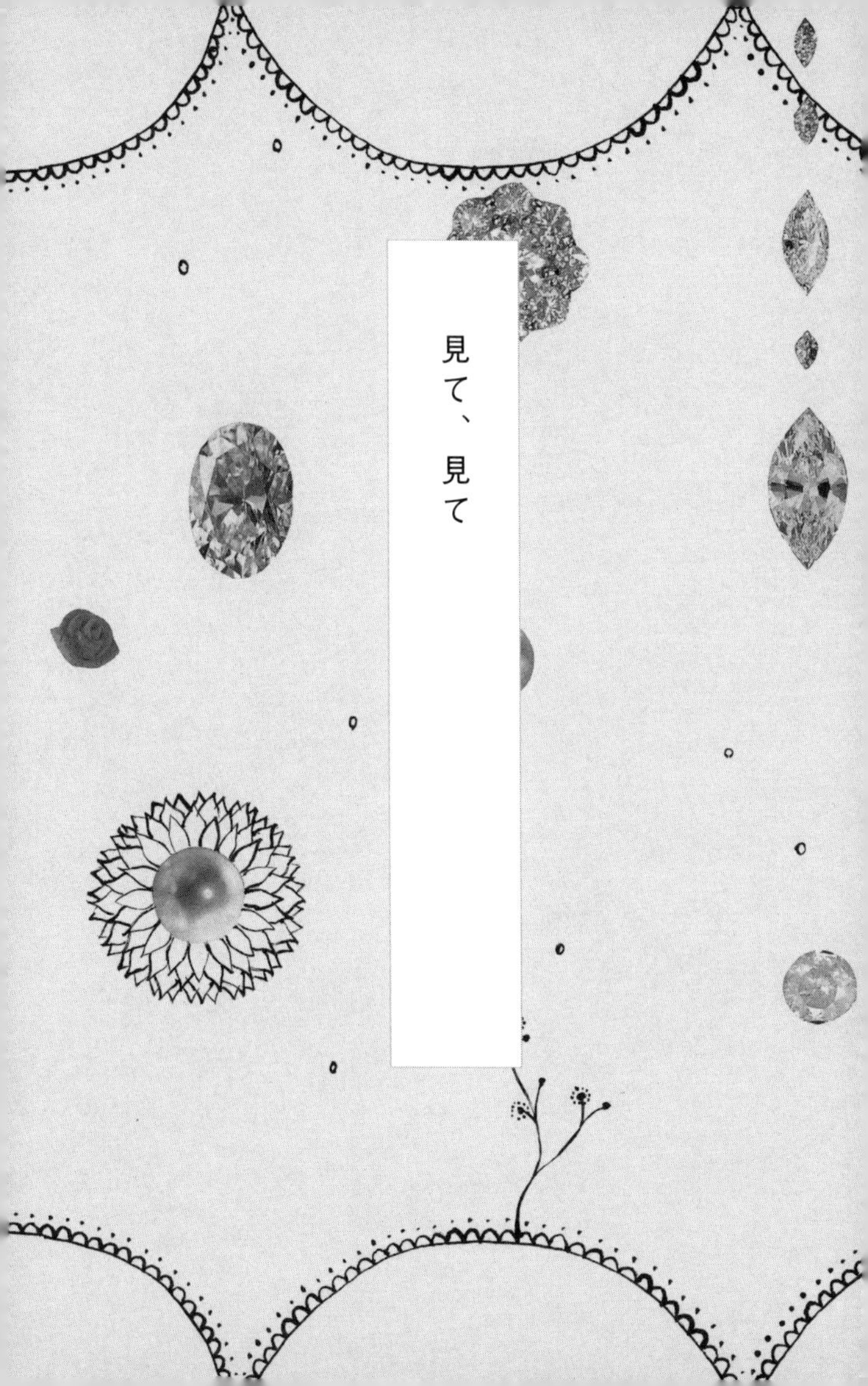

見て、見て

女というのは、本当に面白くておっかないと友人が言った。

彼は老舗《しにせ》の映画会社でかなり高い地位にいる。当然人脈も広く、芸能人に知り合いも多い。

「僕と親しい女優なんだけどねえ……」

と彼は言いかけ、用心してこうつけ加えた。

「いや、そんなに有名な女優じゃないよ。舞台で三番手か四番手に出るぐらいだから、君は知らないと思う」

彼女は若い時から、ある男の愛人だった。男には当然妻も子もいたけれども、彼女はそう嫉妬《しっと》することも、相手の妻を困らせるようなこともなく、十年以上も男と深い関係を続けた。けれども三十七歳になった今年、ついに別れる決心をし、自分と年齢の釣り合った男とすぐに結婚をした。

「いま妊娠六ヵ月なんだ。僕から見ると腹ぼてのそんなにいい格好とは思えないんだけれども、彼女はありとあらゆる手段を使って、その大きい腹の自分を前の男に見せようとしているんだ。マスコミにも出てくるし写真も撮らせる。母になる幸せいっぱいの自分というのを相手に見せたいらしいんだなあ。あのパワーには、びっくりするし、段々おっかなくなってくるよね」

そう有名ではない女優、というのは嘘だろうと私は思った。舞台の端役《はやく》女優ぐらいではマスコミは写真を撮らないからである。たぶんあの女優のことだろうと見当がついた。

「これまた別の女の話だけどね」

私が女優の名を知りたがろうとしないので、彼はもうひとりの女の話を始めた。

「年下の歌舞伎俳優とつき合っていたんだ。当時男は二十歳になるかならないかの時だった。ひとまわり年上の彼女の方が夢中でね、別れさせるのに本当に苦労したよ。そうしたら驚くじゃないか、その女もこのあいだ四十近くなって腹ぼてになっている。若い男と結婚したんだ。するとね、やることはやっぱり同じだよ。自分の姿を元の男に見せたくてたまらないんだ。臨月で歌舞伎座に来ている姿を見て、僕は声もかけないで逃げ出したけどね」

彼は少し酔ったのだろうか、饒舌《じょうぜつ》になってこんな話もしてくれた。相手の男は彼と同年代というから、五十も後半であろう。彼もまた妻以外に、長くつき合っている女がいた。

「ああいうのを腐れ縁っていうんだろうなあ、女はいったん彼のことを諦《あきら》めて、別の男と結婚するんだよ。だけど奴がちょっかい出すもんだから、子どももつくらないまま彼女は二年ぐらいで離婚してしまった。ずるずる、だらだら、男と女というのはこんなに別れがたいもんだろうかなあなんて、後はちょっと感心していたぐらいだ。ところが男は、何を思ったか、いい年をしてパイプカットをしてしまったんだ。そうしたらどんなことをしても別れなかった女が、ぱっと離れていったんだな。信じられないぐらいきっぱりとだ。後はいったいどういうことになってるのかよくわからないよ。女はもう四十五だ。今さら子どもをつくるわけでもないだろう。それなのに怒り狂った揚句《あげく》、すうっと心が冷えてしまったっていうんだ。どういう気持ちなのか、僕には本当によくわからないよ」

わかるような気がしますよ、と私は言った。そして友人のことを思い出していた。

離婚届けに印を押した時、まっさきに顔を思い浮かべたのは、父親でも母親でもない。もちろん夫のはずがない。別れた前の男だったと朝子は言う。

「だから言わんこっちゃない」

という男のからかうような声を聞いたような気がした。

もっとも朝子は、その男、加瀬《かせ》のしぐさや声の中で、自分をからかう時のものがいちばん好きだ。それは前戯《ぜんぎ》のようなもので、中年の男が見せる甘やかな余裕である。朝子は短かい結婚生活の中で、加瀬の笑いを含んだ声を何度思い出したことであろう。そんなことばかりしていたのだから、夫とうまくいかなかったのも当然だ。

けれどもたとえ夫に抱かれていようとも、別の男のことを考えることは、それほど悪いことだろうか。心の中を絶対に見透かされないという自信があった。が、見透かされないものの、そうした心のにおいのようなものは、朝子にまとわりついていたのかもしれない。夫の心はいつしか離れ、それ以上に朝子の心も離れていった。わずか一年半の結婚生活である。

朝子はとても恥ずかしいと思った。もちろん世間に対してではない。加瀬に知られたらどんな風に思われるだろうかととっさに考えたのだ。

朝子が知り合ったばかりの男と結婚すると言い出した時、まわりの者たちは大層驚いたものである。加瀬との件は、それほど長く大っぴらだったからだ。中には「あてつけ結婚」と、はっきり口に出して言う者さえいた。

けれども新しい男は、その若い性急さで、ぐいぐいと朝子を追い詰め、からめとってしまった。もう逃げられないのよと、朝子は嬉し気に言ったものだ。

「こんなことって初めて。結婚するってこういうことだってわかったわ。要するにスピードとタイミングなのね」

そしてこういう言葉が、加瀬のところまで届きますようにと祈った。けれども女優でもなく有名人でもない朝子の言葉が、相手に伝わるはずはない。仲間うちの誰かが加瀬に言ってくれるといいのだが、いくら自由業が多いといっても、みんな一応大人のたしなみを持っている。もうじき結婚する若い愛人の言葉を、別れたばかりの男に聞かせる男などいなかったろう。朝子はそれが不満でたまらなかった。

学校を卒業してすぐの頃からのつき合いだから、加瀬との関係は八年になる。最初二人の心が盛り上がっていた頃、加瀬は妻と別れる、子どもも捨てると言った。確かに言った。それなのに朝子は、若い娘らしい潔癖《けっぺき》さと、相手の家族に対する同情、そしてかなりの芝居心から、そんなことはもう言わないで頂戴《ちょうだい》と泣いて言ったものだ。

「あなたがこのまま私を愛していてくれればそれでいいの。これ以上何か求めるつもりはないの。だからもう、二度とそんなことを言わないで頂戴」

そして加瀬は約束を守った。その後、彼は結婚などという言葉を口にすることはなかった。いつのまにか朝子が、心の中でそれを激しく求めていたとしてもだ。

けれども知り合ってすぐの若い男は、何とたやすく朝子の欲しがっていたものを与えてくれたことだろうか。プロポーズの言葉も、エンゲージリングも、ウエディングドレスも、ハワイの新婚旅行も、朝子が望んでいたものは次々と、玉手箱から出されるように目の前に並べられた。結婚前の女が誰でもそうなるように、朝子は目つぶしをあてられたのである。

とはいうものの、人よりもロマンチストの朝子は、ギリギリのところで大波乱が起こることを夢みた。加瀬がすべてを捨て、朝子の奪回作戦にかかるのである。けれどもそんなことが起こるはずもなく、朝子はやがて諦めた、というよりも挙式前のあわただしい渦の中にすっぽりと身を沈めた。

一流ホテルの宴会場での披露宴はかなり派手派手しいもので、

「朝子なんか再婚みたいなものなんだから、何もここまでちゃんとすることはないじゃない」

と親しい友人にからかわれた。けれども三十歳を少し過ぎたばかりの朝子のウエディング姿は、皆から世辞ではなく誉められたものだ。女の盛りにウエディングドレスを着ることの出来た自分をつくづく運がいいと思い、加瀬とのことを知っている母親も同じことを言って、かなり泣いた。朝子は自分と夫になった男が、テーブルのろうそくに点火しているありきたりの構図の写真を年賀状にした。そしてそれを、少々迷った末、加瀬の仕事場に発送した。添え書きは無しでだ。

けれども加瀬からの年賀状の返事はなく、それはかなり朝子を喜ばせた。おそらく彼は、自分のウエディング姿を見て、とても平静な気持ちでいられなかったに違いない。嫉妬や若さに対する羨望、もう永遠に朝子を失ったという思いは、どれほど彼を苦しめていることだろう。朝子は結婚する喜びのひとつは、こういうことだったのかとつくづく合点《がてん》した。

朝子の友だちの中には、自分の披露宴に昔の男を招待したという女が何人もいる。職場の上司だったり先輩だったりと、たいていは不倫だ。相手の男は招待状が来たら、出席しなければならないような立場にある。そういう男に、自分の花嫁姿を見せつけ、拍手と祝福の笑顔を求めるのだ。最初聞いた時は、悪趣味なことをするものだと思ったけれども、今では気持ちがよくわかる。出来るものならば、年賀状ではなくビデオを送りつけたいぐらいだ。

そして再来年ぐらいは、赤ん坊を抱いた自分と夫が写る年賀状にするのだと朝子は決心する。

つき合っている最中、加瀬は避妊に対してそれはそれは用心していた。本当に憎らしいぐらいにだ。そういう男に対して、愛らしい赤ん坊の写真を見せてやったら、どんな気持ちになるのだろうか……。

夫と暮らした一年半は、こんな風に加瀬のことばかり考えて暮らしていたわけではない。押し寄せてくる幸せの中で夢想する、他愛ない復讐計画だった。やがて夫との本格的な諍《いさか》いが始まると、とても妄想を抱けるような状況ではなくなっていった。決定的な破局の原因となったのは、夫が朝子を殴ったことだ。たった一度のことであるが、これでもう駄目だとつぶやき、同時に決定的なものを手に入れたという喜びもあった。朝子の母親に言わせると、

「別れるべくして別れた二人」

ということになる。

夜のベッドの中で何度か思い出したのは事実であるが、加瀬とのことが原因で別れたわけではない。そう加瀬に思われているとしたら、朝子は本当に口惜《くや》しい。原因は別のところにあるのであるが、とにかく朝子は別れることになった。そし

てこのことが早晩加瀬の耳に入ると思うと、朝子は口惜しい。いずれにしても朝子は、口惜しくてたまらないのだ。

朝子はタウン誌の記者をしている。もともとは小さな出版社に勤めていたのであるが、その会社がバブル時代の社長の株投資がきっかけで潰《つぶ》れてしまった。その後、知り合いに誘われて今の会社に移ってきたのだ。

タウン誌といっても、数ある中でも歴史が古く、執筆者も有名人に頼むことがある。食べ歩きの記事もあり、食いしん坊の朝子はかなり気に入っている職場だ。タウン誌といってもマスコミであるから、朝子の離婚などたいして話題にもならない。朝子は何の気がねもなく深夜まで仕事に精を出し、酒をつき合うことが出来た。結婚していた頃は、朝子の帰宅時間の遅さも諍いの原因のひとつになったが、独身になってみるともう何の気がねもいらなかった。

そのうえ離婚したばかりの女に、男が寄ってくるというのは本当だった。どうしてこの人が、と思うような男も口説《くど》いてくるし、食事や酒の誘いは急に多くなった。けれども肝心の加瀬から、何の連絡もないのだ。自分が離婚したことを知らないのだろうか。いやそんなはずはない。

自分と加瀬との間に共通する友人は何人かいるが、いいニュースよりも、悪いニュースの方が伝わる速度はずっと速いはずだ。朝子が夫と別れたという知らせは、とっくに彼の耳に届いているはずだった。

しかし二ヵ月たっても三ヵ月たっても、加瀬からは電話一本かかってこない。朝子は次第に焦《あせ》ってきた。

結婚を機に引越をし、独りになってからまた小さな部屋に移った。朝子の電話番号は二度変わったわけであるが、誰かに聞けばすぐにわかることではないか。何よりも携帯の番号を朝子は変えていないのだ。元の愛人が離婚したと聞いたら、たいていの男は電話の一本ぐらい寄こすものではないだろうか。

自分は何もよりを戻したいと思っているわけではない。加瀬とは確かに長く濃密な時間を過ごしたわけであるが、再会したからといって、すぐに元に戻るほど自分はお気楽な女ではない。

朝子の望んでいるシチュエーションは、ある日加瀬から電話がかかってきて食事に誘われる。場所は二人がいきつけにしていたあのこぢんまりとしたイタリアンレストランがいい。大変だったね、と加瀬は言い、慰《なぐさ》めの言葉をかけるだろう。だがそのうちに酔いがまわってくると、急にくだけた様子になり、あの朝子の大好きな、人をからかう笑顔になるはずだ。

「だから言わんこっちゃない。あんな我儘《わがまま》で世間知らずのニイちゃんと、朝子がうまくいくはずはないんだよ」

そもそもたった三ヵ月つき合ったばかりの男と、結婚しようなんて考えたのが間違っていたんだよ、と加瀬は言うに違いない。そうしたらこう答えよう。あら、八年もつき合ったって、少しも本当の心がわからない男の人だっているじゃないの。

本当の心がわからない、ってどういう意味なんだ。オレはずうっと朝子に本当の自分を見せてきたつもりだよ。

どうだか、そんなのわからないわ。

また意地の悪いことを言う。どうして朝子はそんなに人を嫌な気分にさせるのがうまいんだ。結婚した時だってそうだった。あの知らせを聞いて、オレがどんなにつらい、嫌な気分になったと思ってるんだ……。

朝子の妄想の中で、いつのまにかテーブルの下、加瀬は自分の手を握っている。大きくて指が長いあの手。掌《てのひら》の温度や湿り気の具合いを、朝子はしっかりと憶えている。それ以上に、男がどういう口説をし、どういう風に言葉を重ねてくるか朝子にはわかっている。こうしてひとり芝居で、男のセリフを言えるほどにだ。けれども加瀬からの電話はまだかかってこない。

いっそのこと、自分から連絡をしようと思った心と、朝子は何度戦ったことだろうか。けれどもあの時、別れを告げたのは自分の方なのだ。早口で結婚すると告げた時の勝利感を、朝子はまだはっきりと憶えている。その夜自分の部屋の近くまでやってきて、ちょっとだけでいいから話をさせてくれ、中に入れてくれよと懇願したのは加瀬ではなかったか。あの時、自分はどれほどの優越感と喜びの中にいたか。あの快感というのは、長いこと不倫をした女でなくてはわかるまい。

自分の肉体と若さを無償でむさぼっていた男への報復なのだ。自分は他の男との結婚という剣をつき立てて、男から血を流させることに成功したのだ。その勝利の座を、どうしてみすみすあけ渡すことが出来るだろうか。

そんなある日、女友だちから電話があった。彼女は加瀬と親しく、以前は何度か一緒に酒を飲んだことがある。彼女は朝子の待ち望んでいたもの、加瀬の消息を伝えてくれた。長い世間話の後に、彼女はさりげなくこんな一言を口にしたのだ。

「そういえばこのあいだ加瀬さんに会ったわ。朝子のことを心配していたわよ」

ふうんと朝子は言った。あまり満足出来ない加瀬の反応だったからである。「心配している」という反応はやや他人行儀ではなかろうか。心配ぐらいだったら、朝子の両親でさえしている。長いこと肉体関係を持った男だったら、もっと別の言葉があってもしかるべきだ。朝子の女友だちぐらいに真実の気持ちを打ち明けることはないだろうが、それにしても他人の口を通して聞く「心配している」という言葉は、何か空々しいものがあった。

その夜朝子は、何人かの男たちに誘われて盛り場のバーへ出かけた。男のひとりは、離婚してから、朝子はますます綺麗になったと力を込めて言う。

「朝ちゃんは当分結婚しないでほしいよ。やっぱり人の奥さんだと思うと、誘いづらいしさあ。言っちゃ悪いけど、朝ちゃんが独り身になって、喜んでる男って結構多いんだぜ」

こんな風に男たちに囲まれ、酒を飲んでいる自分の姿を加瀬が見てくれたらと朝子は思う。男たちは朝子をはさむように座り、テーブルの下で膝を押しつけてくる。酔ったふりをして、時々は朝子の肩に手をやる。

若く美しい自分をめぐって、男たちは欲望をあらわにしているのだ。この光景を加瀬が見てくれたらと思う。しかし酔いがまわるにつれ、その気持ちが少しずつ萎《な》えていくのを朝子は感じる。自分がそれほど幸福だと思っていない場面を、加瀬が見たとしてもそれがどうだというのだろう。鋭い彼のことだ。朝子の中にある空虚さを嗅《か》ぎとってしまうに違いない。

朝子の右隣りにいる男も、左隣りにいる男も、正面に座っている男もみんな家庭を持っている。彼らのちょっとした浮気心に、離婚したばかりの女というのはうってつけなのだろう。そうした男たちの中からひとり選んだとしても、それは加瀬の模造品をつくるだけだ。朝子は彼のニヤリとした笑いを見たような気がした。

加瀬からの電話はまだない。

突然自分を襲った淋しさが、離婚によるものなのか、それとも加瀬を得られないためなのか朝子は見きわめがつかない。男に誘われるまま酒を飲みに出かけたり、ちょっとしたうまいものを食べることにも朝子は飽きてしまった。今の自分はもてるというよりも、なめられているのだとはっきりとわかる。そうでなくては、どうして妻や子がいる何の取り柄《とりえ》もない男が、当然のように自分を口説いたりするのだろう。仕事先の男さえ図々しいことを言ってくるので、朝子は呆れてしまう。外に遊びに出かけるのがすっかりわずらわしくなってしまった。

最近は仕事をしている方がずっと面白い。朝子の企画がとおり、新しい連載を持たされるようになった。それは商店街の若いおかみさんをインタビューするものである。この街には老舗と呼ばれる店が何軒かあるが、どこもご多分にもれず後継者問題や、不況で悩んでいる。そういうところにあえて嫁いできた若い女性の考えを聞いてみたいというのが朝子の狙いであった。

アポイントメントをとり、直ちゃんと一緒に出かける。直ちゃんというのは、編集部で使っている若いフリーのカメラマンである。ちょっとした顔写真ぐらいなら、朝子が自分で撮影するのであるが、この連載はモノクロ一ページでおかみさんの写真を載《の》せる。やはりプロのカメラマンでなくてはと、若くギャラも安い直ちゃんを指名したのだ。

会社の車を使うこともあったが、たいていは直ちゃんと電車で出かける。今年の夏はとても暑く、朝子は時々は途中の喫茶店でアイスコーヒーをおごってやった。

「おいしいですね。生き返ったみたいですよ」

飲み干す時、直ちゃんのＴシャツの胸のあたりがゆっくり上下していくのを朝子は見た。若い体がすごい勢いで液体を吸いとっていく感じだ。写真の専門学校を出て三年めというから、二十三か四というところか。カメラの仕事だけで食べていけず、夜は近くの居酒屋でアルバイトをしているという。

「今度、朝子さん食べに来てくださいよ。居酒屋っていっても、フライ定食とかおでんもあって、家族連れも多いんですよ。この頃の親って、自分たちはビール飲んで、子どもたちにトンカツ食べさせたりするんです。朝子さんが来てくれるならご馳走しますよ」

「直ちゃんみたいな貧乏人におごってもらうわけにはいかないわよ。自分でちゃんと払うわよ」

朝子は笑った。

それから一週間後、ふと思いついて朝子は直ちゃんの働く居酒屋に出かけた。直ちゃんは白衣を着て、生ビールを運んでいた。

「若いコね。まるで学生みたいじゃない」

一緒に行った女友だちが言うとおり、バンダナをした直ちゃんは、ひどく幼なく見えた。彼は朝子を見ると大層喜び、座敷の奥の上席へ導いてくれた。

「ゆっくりしていってくださいよ。うちのヤキトリはおいしいから。絶対にオーダーしてください」

足早に去っていく直ちゃんの、ジーンズの後ろ姿は細く頼りなく、朝子は胸の奥が熱くなった。一人前のカメラマンになるという夢を追いながら、深夜まで働いている若者のけなげさが、不思議なほど朝子の心をせつなく刺激したのである。

十日後、今度はひとりで店に出かけた。直ちゃんは早番ということで、その後二人で飲みに出かけた。二軒めに行った店で、どうしてそんな話になったのかわからない。直ちゃんが自分の作品を見せたいと突然言い出したのだ。もう日付けは変わっていたけれど、タクシーを飛ばして直ちゃんのアパートに出かけた。

今どき珍しい木造のアパートで、六畳に台所と小さな便所がついていた。彼は押し入れを利用して暗室をつくっていたが、その中に入れと朝子を手招きした。

二人は体を密着させ、ピンで干されている何枚かの写真を見た。驚いたことにそのうちの何枚かは若い女のヌードであった。そう乳房は豊かとはいえないけれども、ウエストのくびれと長い足が、きついライトを浴びて輝やいていた。

「写真学校の同級生が、結構いいプロポーションしてるので、頼んで撮らせてもらってるんですよ」

そう言った直ちゃんの声が震えていた。朝子は手を伸ばして彼の唇に触れた。若い女に対する嫉妬が、闇の中で突然わき上がった。その後唇を重ねていったのも朝子だったし、彼のジーンズのジッパーに手を伸ばしたのも朝子であった。二人はころがるようにして押入れの外に出た。その後、主導権を握ったのは直ちゃんの方だった。

朝子は若い男の中で溺《おぼ》れ、男を包み揺れた。考えてみると、男と寝たのは離婚して初めてであった。

朝子はやがて直ちゃんと暮らし始めた。というよりも、直ちゃんが朝子のマンションにころがり込んだという方が正しいだろう。これは意外なほど人々の顰《ひん》蹙《しゅく》を買った。

「あんなカスのような、若い男をつかまえなくても」

という意見が大部分だったのだ。朝子の前の夫は、誰でも知っている企業のサラリーマンであった。彼と結婚した時、まわりの人たちは賢こい選択だと朝子を誉《ほ》めたが、今度はひどかった。朝子はまるで、若い男とのセックスに盲目になった女のように言われたものだ。

日頃は進歩的な意見を口にする朝子の母でさえ、別れるようにと泣いて懇願したものだ。

二人で暮らし始めて、朝子はすぐに妊娠した。若い直ちゃんは、避妊具をつけるのももどかしく、すぐに朝子に挑んでくるからだ。が、この時の子どもは堕《お》ろすことに決めた。朝子は結婚するつもりもなかったし、今、自分ひとりの収入で子どもを養うことなどとても無理だと判断したからである。

ところが七ヵ月後、朝子は再び妊《みご》もった。診察した医者は、もう三十を過ぎているることだし、たびたび堕胎《だたい》するのはよくないと忠告した。

その後いろんなことがあった。直ちゃんはカメラを諦め、電器の安売り店で働くことになった。父親になりたいがために、きちんと収入のある道を選ぶと誓ったからだ。この勢いに押されるようにして、朝子は婚姻届けに印を押した。自分でもどうしてこんなことになったかわからない。直ちゃんをそれほど愛しているのかと問われると違うような気もするし、結婚をしたいのかと問われれば、はっきり否と答えるだろう。目に見えない大きな力に押されるようにして、自分はあまり好まぬ陽盛りのアスファルト道路の真中にひっぱり出されたというのが、いちばん正確だろう。

友人たちは朝子のしたことを、信じられないと口々に言った。もっと頭のいい人だと思っていたのにと、面と向かって言われたこともある。そうしているうちに、腹の中の子どもはどんどん大きくなっていった。そうすると朝子の母親も、初めての孫に対する喜びがわいてきたらしい。貧しい男と結婚した娘を憐《あわれ》んで、出産用品を買ってくれることになった。

よく晴れた日曜日であった。朝子と母親は盛り場のデパートへ出かけた。買い物を終えた母親は、地下の食品売り場へ寄ると言い、朝子はその間、一階の化粧品売場に行くことにした。そこで朝子は、向こうから歩いてくる加瀬を見た。五年ぶりに見る彼は、ほとんど変わることなく、わずかに髪に白いものが増えたぐらいである。彼は朝子を見ると、あっと声をあげ、久しぶりだねと言った。結婚したそうじゃないか。ええ、一回めに懲《こ》りずにね。ま、気の合った男が見つかったらそれもいいさと加瀬は言い、じゃ、と手を振った。最後までせり出した朝子の腹に目をやろうとはしなかった。

再び歩き始めた朝子はショウケースの上に置かれた、鏡にちらっと目をやった。そこには野暮ったい柄のマタニティドレスを着たはらみ女がいた。妊娠して美しくなる女はいるけれども、薄汚なくなる女も多い。自分は後者の方だと朝子は思った。

こんなはずではなかった。妊って幸福に輝やく姿をいつか加瀬に見てもらいたい、それが自分の夢ではなかったか。どうしてこんなことになってしまったのだろうか。見せたいものはこんな自分ではなく、なりたいものはこんな自分ではなかった。

運命という言葉が浮かんだ。思いどおりにいかず、皮肉というもので彩《いろど》られたもの。これが生きるということなのかもしれないと朝子が肩を落としたとたん、腹の子がぐにゃりと動いた。

あとがき

三十六歳で結婚するまで、私にとって結婚は摩訶不思議なものであった。

「世の中の人というのは、どうしてあれほどどらくらくと結婚するのであろうか」

という疑問は、私にいくつかの小説を書かせたものである。

独身の頃の私は、メディアに非常に単純な取り上げ方をされていた。それは、

「結婚したくても出来ない女」

というものである。私もそんな風なエッセイを書いていたのも事実だ。

私がもの書きとしてデビューした二十五年前、女たちにとって結婚というのは、旧世代を象徴する尊ばれないものであった。いや、都会に住む、自分のことを頭のいい人間と思い込んでいる良識の高い女性、と言った方がいいかもしれない。いつの時代もこうした女性の生き方や意見が、メディアを動かしているものだ。

キャリアウーマン（これも当時の流行の言葉である）が愛読する女性誌では、

「結婚か仕事か」

と、たえず二者択一を迫ったものである。そんな時、私は

『花より結婚きびダンゴ』

というエッセイ集を出し、これはかなり話題になった。結婚したい、結婚したいの、と大声で言う女は当時いなかったからである。今なら、なんら珍しいことではなかったろうが、当時はインテリ層から相当バカにされ、それは未だに続いているかもしれない。が、よく読んでいただくと、私は結構いいことを言っている。

一生続く幸せなどあり得ない。私は結婚によって一生幸せになろうなどとは思わない。ただ、二〜三年の幸せの記憶を作ればよいのだ。

このクールな視線はあまり理解されなかったのであるが、それを私は小説に生かした。私の小説の中で、結婚している男女でパーフェクトに幸福な者など一人もいない。みんな心の中でさまざまなうっ屈と思惑を抱いて、配偶者と向かい合っている。そういう意味でも、結婚というのはなんとたくさん

の材料を作家に与えてくれるものであろうか。

　初期の小説と比べると、後期の作品は、ずっと深々と意地悪さをましているような気がする。自分で言うのもナンであるが、迫力が増しているのだ。それはとりもなおさず、私が結婚したからである。

　この短編集の中で、私が好きなのは『前田君の嫁さん』である。私は都会に住むオシャレな奥さんを書くのも好きだが、こうして田舎の主婦となっている女性を書くのも好きだ。いろいろな人生があり、いろいろな結婚がある。それは男性も同じだが、違ってくるのは女の人生の幸せを左右する、かなり大きなものは結婚だということだ。夫のヒエラルキーが妻のヒエラルキーになる場所はいくらでもある。だからこそ結婚というテーマを書かずにはいられない。

解説

酒井順子

林真理子さんが描く「結婚」を読むと、いつも胸の中の特別な場所をいじくられているような気分になるものです。

女性は何歳であっても、胸の中の「結婚」を司る部分が、カラッと乾いていることはないのだと思います。たとえば、若くて結婚に対する意欲が満々な時は、その部分にはサラサラした水分がたっぷりと湛えられているもの。いざ結婚が決まると、その水分は豊かに波打つのです。

結婚をした後は、水分がだんだんと乾いていくのですが、しかし完全に乾いてしまうことはありません。女性の中のその部分は、乾ききらないかさぶたの下のように、常にぐずっと半生状態にある。

林真理子さんの小説は、その部分を直接、刺激してくるのです。結婚前の若い女性であれば、胸の中のその部分にグイと手を入れて、サラサラした上澄みの下に、どろっとしたものがたまっているのを、「ほら」とすくいとってみせる。

うまく結婚することができた人の胸の中にも、林さんは容赦なく手を入れてきます。既に乾き気味のその部分は、しかし奥まで手を入れてみれば、やはりどろっとしたものがたっぷりたまっている。その部分は、むしろ結婚前よりも、粘度を上げているのです。

結婚は、愛によってのみ行うものではありません。「愛」には「現実」が複雑に絡みついているのだけれど、しかし女性は自らの結婚を美しいものにするために、現実を愛で覆い隠そうとする。その結果、現実は愛の陰に腐って、胸の奥底にどろりと沈殿していくのです。

林さんによって、自らのどろっとしたものを提示されることは、しかし私達にとって、不快ではありません。たとえば、『笑う男』における、久美。彼女は、独身時代に不倫相手と訪れたホテルで、違う男性との披露宴を挙げようとしています。

その割り切りぶりは男性からしたら恐ろしいものかもしれません。しかしこれを読む女性からしたら、ラストに生じる恐怖は、快感に通じるものなのです。最初に付き合った人と結婚したという人以外は、つまり心の中で男Aと男Bの違いを考えたことがある人であれば、久美の行為によって胸の中の湿った部分は痛気持ち良く刺激される。

『この世の花』では、ちょっと羽目を外してみた主婦・マチ子の一夜が描かれています。リフレッシュ気分で一夜の情事を終えたマチ子を待っていたものは、しかし生活というものをとことん煮詰めたような、あるにおい。

多くの結婚している読者も、マチ子の行為を読むことによって、胸の中のとある部分を刺激されることでしょう。結婚した後は、ロマンスと生活とのコントラストはいっそう強くなるのであって、そのコントラストを感じたことがある人であれば、マチ子の感じたうっとり感とやるせなさに、深くうなずくに違いないのです。

結婚については、様々な人が様々なことを言っています。「結婚は人生の墓場」をはじめとして、結婚に関するネガティブな言説も、洋の東西そして古今を問わず、腐るほどある。

だというのに今も結婚する人があとを断たず、結婚がとても素敵なものとして語られているのは、やはり「結婚する」という一瞬の行為が放つ光の量が、尋常ではないものだからなのでしょう。純白のウェディングドレスが、そのレフ板効果で花嫁の難を見えなくしてしまうように、結婚という行為そのものの晴れがましさが、それに伴う様々な難題を見えなくしてしまう。

しかし林さんは、光の強いものは必ず暗い陰とともにあるということを、誰よりもよくご存じなのでした。華やかな美貌や豊かな経済力、非の打ち所のない経歴やラグジュアリーな生活といったものには、常にひっそりと、そしてぴったりと陰が寄り添っている。光があるから陰があるのだけれど、陰があるからこそ光は際立つ……ということを残酷なまでに明解に書いてくださるのが林さんなのであり、あまりに明解すぎるからこそ私達は、結末がどれほど暗くとも、スッキリした気分で読み終えることができるのでした。

結婚という光にも、もちろん陰が寄り添っています。映画「ゴッド・ファーザー」の冒頭、結婚パーティーの場において、花嫁の白いウェディングドレスの裾に、ほんの一滴だけの赤ワインのしみがついてしまうというシーンがあります。一点のしみによって、見ている者は物語の予兆を感じとるわけですが、林さんが描く「結婚」における赤ワインのしみのようなものもまた、私達を「この主人公は、これからどうなっていくのか」とわくわくさせるのでした。

胸の中の湿った部分にたまったどろっとしたものを林さんに提示してもらうと、私達の気分は軽くなります。沈んでいたものを掻き出してもらい、少しはカラリとしたのではないかと思うことができるから。

が、それは誤解でしかありません。どろっとしたものは、生きている限り次々と心の中に沈殿していきます。生きているということはすなわちどろっとしたものと共存することなのであって、私達はその部分を撹拌してくれる林さんの小説は、精神のこげつきを防ぐ役割を果たしているのでした。

（エッセイスト）

出典

『披露宴』――「東京胸キュン物語」角川文庫
『この世の花』――「短編集」文春文庫
『笑う男』――「男と女のキビ団子」祥伝社ノン・ポシェット
『トロピカル・フルーツ』――「さくら、さくら　おとなが恋して」講談社文庫
『前田君の嫁さん』――「怪談　男と女の物語はいつも怖い」文春文庫
『真珠の理由』――「ピンクのチョコレート」角川文庫
『見て、見て』――「ミルキー」講談社文庫

ポプラ文庫好評既刊

Hayashi Mariko collection1
秘密
林真理子

「なんて下品なの。たった五人しかいないテーブルなのに、寝たカップルが四組もいるのよ」二つのカップルと一人の女。恐怖の晩餐会の幕が上がる――。(『土曜日の献立』より)〝秘密〟をテーマに八つの作品を選び出した、恋愛小説の名手が描く珠玉の短編集。解説/唯川恵

Hayashi Mariko collection2
東京
林真理子

豪壮な邸宅が並ぶ高級住宅街の一軒家に下宿をすることになった健と真由美。家の一階に住む政代の東京に住む人間特有の驕慢さが次第に明らかになっていく……。煌びやかな「東京」に息づくリアルな人間模様を切り取った傑作短編集。

解説/柴門ふみ

Hayashi Mariko Collection 3
結婚
林 真理子

2009年4月5日　第1刷発行
2019年12月3日　第3刷

発行者　千葉 均
発行所　株式会社ポプラ社
〒一〇二-八五一九　東京都千代田区麹町四-二-六
電　話　〇三-五八七七-八一〇九（営業）
〇三-五八七七-八一一二（編集）
ホームページ　www.poplar.co.jp
フォーマットデザイン　緒方修一
印刷・製本　凸版印刷株式会社

ISBN978-4-591-10917-5　N.D.C.913/221p/15cm
落丁・乱丁本はお取り替えいたします。
小社宛にご連絡ください。
電話番号　〇一二〇-六六六-五五三
受付時間は、月～金曜日、9時～17時です（祝日・休日は除く）。

P8101049